庫

残　奏

佐藤青南

中央公論新社

目次

残奏

プロローグ　——二十年前

貝沢勲《かいざわいさお》は教え子たちの顔を見回した。

宿舎である旅館の大広間に集った、総勢三十二人。全員が学校指定の体操着であるジャージに着替えている。つい数時間前に揃《そろ》いの青いジャケット姿でステージに立つ姿を見たときには頼もしいことこの上なかったが、こうして見るとやはり、まだあどけなさの抜けきれない少年少女たちだ。

あちこちから洟《はな》を啜《すす》る音や、噛《か》み殺《ころ》した嗚咽《おえつ》が聞こえてくる。三年生とは二年半の付き合いだった。一人ひとりとの思い出を振り返ると、貝沢自身も感情があふれ出してしまいそうだ。

喉の奥にぐっと力をこめ、涙を呑《の》み込《こ》んだ。

「みんな、本当によくやった。素晴らしい演奏だった。これまでのベストパフォーマンスだ。審査結果は銅賞でも、先生にとっては間違いなくゴールド金賞だ」

「でも……悔しい」

顔をくしゃくしゃにしながら、小山佳子《こやまよしこ》が胸に顔を埋《うず》めてくる。

貝沢は彼女の背中をぽんぽんと叩《たた》いた。

「うん。先生だって悔しい。だけど審査結果は、あくまで他人の評価だ。自分たちなりに出し切った、やりきったという感覚があれば、それでいい。小山が部長として、あえて憎まれ役に徹してくれていたのは、先生もよくわかってる。みんなだって、わかっていたと思うぞ。小山が厳しくしていたのは、この吹奏楽部を強くするためだって」

「わかってたよ、佳子の思いは」

そう言って小山の肩を抱くのは、副部長の須磨貴江《すまたかえ》だ。彼女自身も涙と鼻水で顔をぐしゃぐしゃにしている。

部員たちがいっせいに近づいてきて、おしくらまんじゅうのようになった。貝沢は両手をいっぱいに広げながら、もっと腕が長ければ、と思う。

「みんな、本当にありがとうな。みんなの頑張りのおかげで、全国大会に連れてきてもらえた。これまで厳しいことも言ったし、毎日の朝練なんかも大変だったろう。つらい思いをたくさんさせたな」

貝沢を取り巻く生徒たちが、泣きながらかぶりを振る。

「そんなことない。上達するために必要だったし」

「上手《うま》くなっていくのが楽しかったから、朝練も苦じゃなかった」

「全国なんて夢のまた夢だと思っていたのに、ここまで来られたのは先生のおかげだよ」

「ありがとうを言うのは、むしろおれたちのほうだ」

教え子たちの言葉に、ついに堪《こら》えきれなくなった。貝沢は頬《ほお》を伝うあたたかい感触を拭うこともせず、力いっぱい教え子たちを抱きしめる。

よかった。本当によかった。

五年前、北海道《ほっかいどう》見山《みやま》高校の吹奏楽部の顧問に就任した時点では、全国大会なんて夢のまた夢だった。それがついに今日、教え子たちは吹奏楽部員にとって憧れの舞台である、普《ふ》門館《もんかん》のステージを踏んだのだ。

万感の思いが去来する。入部した部員たちが一人も欠けることなく続けられたのが、なによりも嬉《うれ》しい。

部長としてみんなを引っ張ってくれた、トロンボーンの小山佳子。同じトロンボーン担当で、部長の重責を担う小山を、音と吹奏楽部運営の両面から支え続けた須磨貴江。いつも朗らかな笑顔で、みんなを和ませるマスコット的存在だった、ホルンの藤本弘道《ふじもとひろみち》。同じくホルンの金子千明《かねこちあき》は真面目《まじめ》すぎる性格ゆえに、こちらが練習をセーブしてやる必要があったし、将来は教職に就きたいというパーカッションの遠藤満《えんどうみつる》には進路相談にも乗った。

そして宮城和雄《みやぎかずお》——。

貝沢にとって、ひときわ思い入れの深い生徒だった。

彼はいま、おしくらまんじゅうの後方で同じコルネット担当の生徒と肩を叩き合っている。その満面の笑みを見て、貝沢の胸中に安堵《あんど》が広がった。

彼はかつて、吹奏楽部どころか高校を中退しそうになったことがある。母子家庭の経済難が、その理由だった。気持ちはわかる。貝沢自身も似たような境遇で育ち、中学生のころから新聞配達などで家計を支えた。だからこそ放っておけなかった。宮城の家に通い、じっくりと話し合った。一刻も早く社会に出て稼ぎ手になりたいのはわかるが、高校中退という学歴では、職業の選択肢も極端に狭くなる。お母さんを助けたい気持ちは理解できるが、きみ自身の将来も大事だ。せっかく二年間通ったのだから、あと一年、頑張ってみたらどうだ。

貝沢の思いが通じ、宮城は高校中退を思い留まった。説得が正しかったのか、貝沢はずっと自信が持てないでいた。貝沢が生徒の生活の面倒を見てやれるわけではない。担任教師でもないのに、生徒の人生に踏み込みすぎたのではないか。本当に彼の人生を心配しているのではなく、上り調子のブラスバンドからメンバーが抜けるのが嫌なだけではないのか。やさしさではなく、ただのエゴではないのか。

しかしコンクールの終了後、ホワイエ（ロビー）で待ち受けていた宮城の母親から、涙ながらに礼を言われた。先生、あの子を思い留まらせてくれて、本当にありがとうございました。貧しいせいで、あの子には小さいころからいろんなことを我慢させてきました。

それでも親を責めるどころか、不平ひとつ口にしないやさしい子です。高校を辞めて働くって言い出したときも、申し訳ない気持ちでいっぱいでした。もともと勉強が嫌いだったなんて言ってましたけど、そんなのは私に責任を感じさせないための口実に決まっているんです。吹奏楽部に入って、コルネットを始めて、あの子はすごくいきいきし始めたし、学校での出来事を、楽しそうに話してくれるようになりました。そして今日、華やかな舞台に立つあの子の姿を見て、本当によかったと思いました。今日のステージは、私にとって生涯の思い出になると思います。もちろん、あの子にとっても。

　ふいに、宮城と目が合った。

　貝沢が小さく頷《うなず》いて合図を送ると、はにかんだような笑顔が返ってくる。自分の行動は間違っていなかった、きっと。

　そのとき、胸ポケットの振動に気づいた。

　携帯電話を取り出し、フリップを開くと、画面には〈美智子《みちこ》〉と表示されている。地元北海道で留守を預かっているはずの、妻の名前だった。

「なに？　電話？」

「みんな静かに！　先生に電話！」

「電話って誰からだよ」

「奥さんみたい」

「なにそれ。ラブラブじゃん」

ひゅーひゅーとはやし立てる生徒たちに手を上げながら、貝沢は電話に出た。

「もしもし。どうした」

昂揚《こうよう》のせいで、いつもより声が高くなる。

しかし妻の声は聞こえない。

「もしもし？　美智子？　どうした？」

片耳に指を突っ込み、受話口の音に神経を集中させた。なにも聞こえてこない。

「電波かな」

携帯電話の液晶画面を確認した。アンテナは三本立っている。電波状態が悪いわけではなさそうだ。

ごめん、と軽く手を上げると、部長の小山がわかりましたという感じで頷いた。唇の前で人差し指を立て、ほかの部員たちに静かにするよう指示する。

「もしもし。もしもーし」

呼びかけながら廊下に出た。

周囲が静かになると、無音でないことがわかる。

震える息の気配がした。

泣いている？

なにかよくないことが起こったのは間違いない。

「美智子。どうした」

　返答まで十秒近く待った。

『あなた……』

　ようやく聞こえてきた妻の声は、やはり尋常《じんじょう》ではない様子だ。

「なにがあった」

『大輝《だいき》が……』

　中学三年生の息子の名前が飛び出して、息を呑む。

「大輝になにがあった」

　さまざまな想像が浮かんでは消えていく。できればどの想像も、当たってほしくないものばかりだ。

　はたして妻が口にした言葉は、貝沢の想像したものではなかった。

　それ以上に最悪の事態だった。

『自殺した』

　頭が真っ白になる。

　貝沢は携帯電話を手にしたまま、しばらくその場に立ち尽くしていた。

第一章

1

電話の着信を告げるチャイムが鳴り、ナビの液晶画面に〈持田《もちだ》芳明《よしあき》〉という名前が表示された。

古溝《ふるみぞ》裕樹《ゆうき》は〈応答〉ボタンをタップする。

「はいよー」

『持田です。いまよろしいですか』

眼鏡《めがね》のつるを握った、銀行員のような風貌が脳裏《のうり》に浮かんだ。

「かまわないよ、なに」

フロントガラスの向こうで、信号が赤から青に変わる。右足を踏み込むと、ランドクルーザーが前進し、夜の街並みが流れ始めた。

『明日のインタビューですけど』

「あそこでしょ？　池尻《いけじり》のスタジオ」

『その予定だったんですけど、フォトセッションも一緒にやっちゃったほうがいいんじゃないかって話になりまして』

「そうなの？」

『ええ。ですから、六本木《ろっぽんぎ》集合に変更したいそうです』

面倒くせえな、と十年前なら口にしたかもしれないが、三十五歳にもなれば、それぐらいの自制は働く。

「わかった。了解」

『それで、集合も午前十時に変更して欲しいって話になってるんですけど……』

「はあっ？」

つい声が大きくなった。

『まずいですか』

マネージャーの語尾が怯《おび》えたように萎《しぼ》む。

「まずいっていうか、急じゃね？　だってもう……」ナビの液晶画面の隅に表示された時刻に目をやる。「二時だぜ？　二時。これから帰って寝るんだぜ。普通に起きられなくないか」

ランドクルーザーは恵比寿《えびす》から中目黒《なかめぐろ》方面へと向かっていた。昼間だと渋滞につかまって時間が読めなくなることも多いため裏道に入るのだが、さすがにこの時間だと交通量も少ない。駒沢《こまざわ》通りは順調に流れている。

『すみません』

「すみませんじゃなくてさ……」

顔をしかめながらハンドルを切る。カーブを曲がり終えると、前方の車道を自転車が走っていた。舌打ちしてアクセルを踏み込み、大きく反対車線にはみ出しながら自転車を追い越す。

「どうせタカが言い出したんだろう」

沈黙が答えになっていた。

まったく、ヴォーカルさまの我《わ》が儘《まま》には困ったものだ。

古溝はあきれて長い息を吐いた。

「持田くんさ」

『はい』

電話の向こうで身構える姿が見えるような返事だった。

「きみはタカの個人マネージャーなのか」

『まさか、そんな……！　バンド全体の……ツートーンズのマネージャーです』

「ならなんであいつのご機嫌ばっかうかがうんだ」

大卒二年目の若手マネージャーが黙り込んだ。

「おれたちは、あいつのバックバンドじゃない」

『もちろんです』

「返事だけはいっちょまえだな」

『すみません』

「すみませんじゃなくってさ」

あふれ出そうな恨み言を呑み込む。

マネージャーを責めても無意味なのは、よくわかっていた。持田だって、文句があるならメンバー同士で直接話し合ってくれと、内心では考えているだろう。間に人を挟むから、余計に話がこじれるのだ。

こうなってくると、半年前に脱退したドラマーの気持ちが痛いほどわかる。最初にバンドを始めたときの気持ちを取り戻したくなった。彼はそう言っていた。自分もそろそろ潮時かもしれない。

「わかった。明日……っていうか、もう今日か、今日の十時に六本木な」

『ありがとうございます』

通話を切ると、入れ替わりに軽快なツービートが流れてくる。先ほどまで聴いていた、自分たちのバンドの曲だった。先週レコーディングした新曲で、ヴォーカルの後ろでスタッカートの効いた短いフレーズを繰り返しているのが、古溝の演奏するトランペットだった。機械的に同じフレーズを繰り返している。中学校の吹奏楽部員でも吹けそうなフレーズ。自分が中学生のときでも、たぶん同じ演奏ができた。

「バックバンドだよな」

自嘲の笑みがこぼれる。

駒沢公園を通過してほどなく左折し、住宅街の中にある駐車場に車を入れた。

車をおりた瞬間、寒さに身震《みぶる》いする。この程度で寒いと感じるなんて、すっかり東京に馴染《なじ》んでしまったものだ。十七年前に北海道から上京したときには、ちょっと雪が降ったぐらいで大騒ぎする東京人を軟弱だと笑っていたのに。

十一月。つい最近まで半袖で過ごしていたのに、空気は肌を刺すような冷気を孕《はら》み始めていた。故郷の樽前山《たるまえさん》は、おそらくすでに白く染まっていることだろう。

アウターを取りに戻ろうか迷ったが、面倒なのでやめた。デニムパンツのポケットに両手を突っ込み、小走りで駐車場を出る。

歩道に出たとき、前方から背の高い人影が歩いてくるのが見えた。モッズコートを羽織《はお》った男だった。背が高く、肩幅が広くて威圧感がある。そしてどことなく、剣呑《けんのん》な雰囲気をまとっていた。古溝はさりげなく右に寄ってすれ違おうとした。

ところが男も進路を変え、古溝の正面に移動する。

そのときまでは、たまたま避けようとしたタイミングが重なっただけだと思っていた。

だが古溝が左に寄ると、男も同じ方向に移動し、進路を塞ぐように立ちはだかった。こうなるともはや偶然とは思えない。

「なんだよ」

古溝は男の顔を見上げた。これでもいちおう著名人なので、できる限り揉《も》め事《ごと》を起こさないように心がけている。それでもこの状況では、弱気を覗《のぞ》かせるほうが事態がややこしくなりそうな気がした。

しかし男と目が合った瞬間、古溝の全身は粟立《あわだ》った。

こちらを見下ろす男の目には、なんの感情も宿っていなかった。なにを考えているのか、まったくわからない。ただ普通でないことだけはわかった。こいつと揉めるとまずいことになると、直感が告げた。

「すみません」

即座に頭を下げ、立ち去ろうとした。

が、男に腕をつかまれた。

「な……なんですか」

「ちょっと顔、貸してくれ」

男に顎《あご》をしゃくられ、震え上がった。

「いや……」

「いや、じゃない。来い」

強く腕を引かれ、転びそうになる。

「勘弁してください。おれがなにしたって言うんですか」

「心当たり、ないのか」

「あるわけないでしょう」

ぶつかってきたのはそっちだ。こんな夜道でチンピラに絡まれるなんて、今日はついてない。

「失礼します」

振り払おうとしたが、男は手を離さない。強い力で古溝の手首をつかんでいる。

「警察呼びますよ」

「古溝裕樹、だよな」

男に名前を呼ばれ、全身が石になった。たまたま因縁をつけてきたわけではないのか。

「あんた、誰……？」

あらためて男の顔を凝視したが、記憶とは結びつかなかった。

「知りたきゃ来てくれ。あんたに大事な話がある。逃げようったって無駄《むだ》だぞ。あんたの自宅の場所はわかってる」

男はそう言って、小さな目を細めた。

2

音喜多《おときた》弦《げん》は目の前にそびえる四階建ての建物を見上げた。

警視庁玉堤《たまづつみ》警察署。世田谷《せたがや》区等々力《とどろき》の閑静《かんせい》な住宅街にあるその場所を訪れるのは、音喜多にとっておよそ三年ぶりのことだった。

ふわり、と、かぶっていた山高帽《やまたかぼう》が浮き上がる。強風で飛ばされたと思ったが、違った。

「こんなところでなに突っ立ってんだ」

坊主頭で目つきの鋭い男が、隣に立っていた。最上《もがみ》一雄《かずお》。まるでヤクザのような風貌だが、これでもれっきとした警察官であり、音喜多と同じ捜査一課所属の刑事だった。以前に所属した捜査四課でヤクザと渡り合ううちに、自分までヤクザのような風貌になってしまったらしい。

最上は音喜多から奪った山高帽をかぶり、両肩をすくめる。

「似合うか」

「おまえがそれをかぶると、マフィアのボスみたいだ」

「褒《ほ》め言葉《ことば》と受け取っていいんだな」

「どこがだよ。これ以上強面《こわもて》になったら、市民に通報されるぞ」

「おまえよりか、よほど似合ってると思うがな」

最上は帽子のつばをつまみながら、音喜多の頭に視線を向ける。

「散髪に行く時間がなかったんだ」

音喜多はぼさぼさの頭をかきむしった。強烈な天然パーマのかかった髪は、一か月も放っておくと収拾がつかなくなる。いまがまさしくその状態だった。

「時間がないわけじゃなくて、散髪の優先順位が低いだけだ。そんなに身なりに無頓着なのに、なんで女が寄ってくるんだろうな」

「寄ってきてない」

「寄ってこないやつが不倫なんかしないだろ」

「うるさい」

殴る真似《まね》をすると、最上は「おお、怖い怖い」と笑った。

「おれに寄ってくるんじゃなくて、おまえに寄ってこなさすぎるだけだ」

「髪の毛さえあれば、おまえなんか目じゃないんだがな」

「ほざけ」

二人で笑いながら、玄関に向けて歩き出した。

「今回のヤマ、どう思う」

最上がおもむろに話題を変えた。

「詳しく話を聞いてみないと、なんとも言えん」

捜査本部に招集された時点で、概要は聞いている。しかし概要だけだ。詳細については、これから行われる捜査会議で明らかにされるだろう。

それなのに最上は、お得意の勇《いさ》み足《あし》で推理を開始する。

「ガイシャはロックバンドのメンバーだった」

「らしいな。おれは知らないが」

古溝裕樹、三十五歳。ツートーンズなるバンドでトランペットを担当するメンバーで、若者にはそれなりに人気だったらしい。そもそもロックバンドにトランペット担当のメンバーがいるのが驚きだった。

「おれだって知らねえよ。ツービートなら知ってるけど」

まったく無意味な情報を挟み、最上が続ける。

「そのロックバンドのメンバーが、午前三時ごろ、自宅近くの八階建てのマンションの屋上から転落死した」

ただの事故なら、捜査一課が招集されることはない。ところが検視を行った玉堤警察署は、殺人事件の可能性が高いと判断した。

その根拠は、被害者が後ろ向きに転落したと思われることと、被害者の爪の間から検出された繊維片らしい。何者かによって突き落とされそうになった被害者が、抵抗した際に付着したと思われる。

「問題は犯行時刻だ。午前三時。ガイシャはなんでそんな時間に、自分が住んでるわけでもないマンションの屋上にいた」

「ホシがガイシャを誘導したんじゃないか」

音喜多は顎をかいた。

「そうだよ。ホシがガイシャを誘導したか、あるいは、ガイシャと待ち合わせていたか。どちらにしろ、ホシは顔見知りだ」

「だろうな」

そうとしか考えられない。

「それでも午前三時って時刻はおかしい。顔見知りにばったり会った。もしくは待ち合わせていた。そんなことするような時間じゃない」

「それはおまえの個人的な感覚だろう。昼夜逆転している人間だっている。ロックバンドのメンバーがどういう生活をしているのかは知らないが、おれたちみたいな人間より、夜行性なんじゃないか」

「場所はどう説明する。自宅まで五分もかからない場所にあるマンションだ。普通の知り合いだったら、自宅に招けばいい」

「たしかガイシャには、小さな子どもがいたんじゃなかったか」

「いる。三歳の娘だ」

「だったら、夜中に友人を自宅に招いたら、家族の迷惑になる」

「そういう考え方も、ある」

やけに含みのある口調だった。

「なにが言いたい。名探偵の推理を聞かせてくれよ」

指先をくいくいと曲げて催促すると、最上が得意げに唇の端を吊《つ》り上《あ》げた。

「ホシは売人だ」

「売人って、クスリってことか」

「クスリといっても、風邪薬《かぜぐすり》とか咳止《せきど》めシロップじゃないぞ」

「くだらない冗談はいい。根拠は？」

「ガイシャはロックバンドのメンバーだった」

不自然な沈黙が訪れたのは、推理に続きがあると思ったからだった。

だが、最上の口はいっこうに開かない。

「もしかして終わりか？」

「終わりだよ。ガイシャはロックバンドのメンバーだった。クスリをやっててもおかしくない」

「おいおい」

全身から集めたようなため息が漏れた。ロックバンドのメンバーだから違法薬物関連のトラブルだなんて、短絡的だし決めつけが過ぎる。

最上は両手を広げて力説する。

「知人なのに自宅に招かなかったのは、ホシが家族には知られちゃまずい相手だからだ。ホシは覚醒剤か麻薬の売人で、ガイシャとの間になんらかのトラブルを抱えていた。おそらくは金銭がらみだ。だから自宅近くで待ち伏せして、ガイシャに接触した。家族に話を聞かれたくないガイシャは、慌ててホシを近所のマンションの屋上に誘導した。ところが話し合いは上手くいかずにホシが激昂《げっこう》、殺害に至る……って寸法さ」

最上が山高帽を斜めにかぶり、唇の片端を吊り上げる。他人の帽子でかっこつけるな。

「強引に辻褄《つじつま》を合わせようとしているだけだろ」

率直な感想を述べた。

「反論を聞こうじゃないか」

最上が顎を突き出してくる。

「ガイシャが違法薬物の常習者だったとして、同居の家族がその事実に気づかないことなんてあるか」

「ないわけじゃないって程度で、ほとんどない。だいたい気づく」

「気づいたところで止められない場合がほとんどだろ。きっと売人とのトラブルだ」

「わかったわかった。とりあえず捜査会議だ」

「おまえいま、面倒くさいと思っただろ」

「思ってるよ。当たり前だろう」

玉堤署の玄関をくぐったところで、音喜多は足を止めた。

「どうした」

最上が怪訝《けげん》そうに首をひねる。

廊下の向こうから、パンツスーツ姿の小柄な女が歩いてくるのが見えた。たすき掛けにしたバッグは身体に比して大きすぎるため、遠目だとバッグを引きずっているように見える。

向こうもこちらの存在に気づいたらしく、あっ、という顔になった。それから満面に笑みを浮かべ、手を振りながら駆け寄ってくる。

「音喜多さん！」

「久しぶりだな」

音喜多が言い終わる前に、女は深々と頭を下げた。

ただし音喜多ではなく、最上に向かって。

「お久しぶりです！　音喜多さん！　帳場が立つと聞いて、お会いできるかもしれないと期待してました。その帽子、いまでもかぶってらっしゃるんですね。お似合いです」

目を輝かせながら見上げられ、最上が困惑した様子で音喜多を見た。

それが音喜多と玉堤署刑事課・鳴《なる》海《み》桜《さくら》子《こ》との、一年ぶりの再会だった。

3

「まったく、しょうがないやつだな」

あきれながら帽子をかぶり直す音喜多の後ろをついてくる鳴海は、申し訳なさそうに肩を落としているものの、唇をすぼめて不服そうでもあった。

「あんなのトラップです。まさか音喜多さん以外の人が、そんな帽子をかぶってるとは思わないじゃないですか」

だからといって、普通は別人を音喜多と間違えたりはしない。しかもあの強面の同僚と人違いされるなんて、不本意もいいところだ。

だが仕方がない。鳴海には他人の顔が見分けられない。相貌失認という脳障害の一種らしいが、目、鼻、口といった顔のパーツを、ひとまとまりの顔として認識することができないのだ。鳴海本人に自覚があるのか定かではないが、少なくとも玉堤署の刑事課員には周知の事実のようだった。

　他人《ひと》の顔を見分けられないなんて警察官としては致命的に思えるが、彼女には弱点を補ってあまりある実績があった。顔以外の髪型や服装、背丈といった外見的特徴、あるいは声などで人物を識別しているため、顔以外への観察力が異常に発達したのではないかと、音喜多は勝手に分析している。

　なにを隠そう音喜多が山高帽をトレードマークにするようになったのも、鳴海の相貌失認に気づいたからだ。天然パーマの髪型は特徴的で覚えやすいが、癖が強いため日によってフォルムが変わるし、風が吹けば髪型が乱れる。これまで二度ペアを組んだが、捜査で街を歩いているときに、鳴海が別人についていきそうになることもしばしばだった。

　それなのに「そんな帽子」呼ばわりとは。

　このごろは気に入っていたのに。

　それにしても。

　ふいに思い出し笑いがこみ上げる。

「どうしたんですか」

「いや。最上の様子を思い出してな」

泣く子も裸足《はだし》で逃げ出す強面の元捜査四課が、音喜多と間違われておろおろと視線を泳がせていた。

「最上さん、覚醒剤がらみのトラブルを疑っているようでしたね」

鳴海が唇に人差し指をあてる。

先ほど終了した捜査会議でも、最上は『犯人＝売人説』を唱えた。根拠なしで一蹴されると思いきや、それなりに支持を集めたのは、最上の人徳か、それとも警察組織内に存在する根強いロック音楽への偏見のせいか。中には音楽好きの刑事もいて「ツートーンズはロックというよりスカパンクです」と説明していたが、周囲はいまいちピンときていないようだった。かくいう音喜多もそのうちの一人だ。ロックはロックだろ。

だからといって、ロックバンドのメンバーが関係する事件を、頭ごなしに違法薬物絡みと決めつけたりはしないが。

音喜多は首をひねり、鳴海に訊《き》いた。

「鳴海はどう思う」

「ロックのことは、私にはわかりません」

「そういえば、クラシック音楽の演奏家で、クスリ関係のスキャンダルって聞かないな。ドラッグといえば、ロックやヒップホップのミュージシャンばかりだ」

「そんなことはないですよ」と、即座に否定された。

「ベルリオーズの『幻想交響曲』は、アヘンを吸った芸術家の物語を音楽で表現したものですが、ベルリオーズ本人もアヘン中毒でした。アルコールや薬物の問題を抱えた音楽家は、クラシックの世界でも珍しくありません。現代の日本でも、有名なテノール歌手が覚醒剤所持で逮捕されるという事件がありました」

「ってことは、クラシックをやってれば安心……ってわけでもないのか」

「結菜《ゆな》ちゃんですか」

「よく覚えてるな」

結菜というのは、音喜多の娘の名前だった。別れた妻と一緒に暮らしていて、いまはヴァイオリンを習っている。

「いくつでしたっけ。まだ小学生ですよね」

指を折って娘の学年を数えた。

「四年生だ」

「なのに、いまからそんな心配してるんですか」

腹を抱えて笑われ、少しむっとした。

「悪いか」

「いいえ。悪くありません」

鳴海が自分の胸をこぶしで叩いた。

「大丈夫です。音大出で立派な刑事になったお手本が、ここにいるじゃないですか」

「余計に心配になるようなことを言うな」

「とりあえずお腹《なか》空《す》いたから、コンビニ寄っていいですか。遅刻しそうだったんで、今朝はご飯食べてないんです」

「おい。ちょっと……」

許可をえるまでもなく、鳴海は近くのコンビニに吸い込まれていった。

「あいつ……」

相変わらずの自由人ぶりにあきれかえるが、これぞ鳴海桜子という実感もこみ上げてくる。

鳴海はおにぎりとお茶を購入し、店内のイートインコーナーの椅子に腰掛けた。ガラス越しに目が合い、こっちにおいでという感じに手招きされる。

「いいから早くしろ」

しかめっ面で手を払ったのに、嬉しそうにおにぎりをパクつき始めた。まったく、呑気《のんき》なものだ。

苦笑したそのとき、ふいに男の声が脳裏に響いた。

——あいつ自身が断ったと、おれは聞いているがな。

警察音楽隊隊長の、高田《たかだ》の言葉だった。

鳴海はもともと音楽隊採用で、二、三年現場を経験した後、音楽隊に異動になるはずだった。そんな人間が入庁から八年経《た》ったいまでも現場に残っているどころか、刑事として犯罪捜査の最前線に立ち続けているのは、異例中の異例といえる。

　鳴海の能力に惚《ほ》れ込《こ》んだ玉堤署刑事課長が、彼女を手放そうとしないせいだと聞いていた。刑事課長の気持ちは理解できる。とてもそうは見えないが、鳴海がおそろしく有能なのは、ペアを組んだ自分だからこそ痛感していた。いまや音喜多は、鳴海の思考の邪魔をしないよう心がけるようになったほどだ。

　それでも、本来音楽隊採用である彼女が音楽隊への異動を望むのは当然であり、その願いは叶《かな》えられるべきだ。一年前の捜査本部でそう感じた音喜多は、警察学校時代の同期がたまたま音楽隊隊長になっていることを知り、最上を通じて連絡を取った。

　そのときに返ってきたのが、先ほどの言葉だった。

　音楽隊隊長の高田によれば、鳴海に音楽隊への異動を打診しているものの、断られ続けているのだという。それも玉堤署刑事課長が引き留めているのではなく、本人の意思で。

　音喜多はスマートフォンで検索窓に〈薬丸《やくまる》昭治《しょうじ》〉と入力した。半分ほど髪の白くなった男が、オーケストラを相手に真剣な顔で指揮棒を振っている写真が表示される。いまは世界三大オーケストラの一つ、ウィーン・フィルハーモニー管弦楽団で首席指揮者をつとめる、その世界では知らぬ者のいない存在らしい。

——音楽隊隊長としては、そんなすごい人の娘さんに、泥臭い聞き込みをさせるなんてもったいないって思うわけだ。

これも高田の発言だった。

薬丸昭治は結婚と離婚を何度も繰り返しているため、姓も異なるし一緒に生活もしていないが、鳴海は世界的指揮者の娘なのだという。

音喜多はスマートフォンに表示された、頰のこけた神経質そうな男と、ガラスの向こうで美味《おい》しそうにおにぎりを頰張る女を見比べた。

目もとが似ているような気が、しないでもない。いや、そんなことはないか。薬丸昭治は鋭い切れ長の目をしているのにたいし、鳴海は幅広の二重《ふたえ》まぶたで、ぱっちりとしている。親子だという先入観があるから、強引に似ているところを探しているだけだ。

やはり似ていない。

「本当に、親子なのか……？」

ガラスの向こうで、鳴海が幸せそうにおにぎりを頰張っていた。

4

古溝の住まいは、世田谷区駒沢の高級住宅街だった。

駒沢公園からほど近い一戸建ては建売らしく、周囲には同じ建物がいくつも並んでいた。家の前の駐車スペースには、セダンタイプのベンツが停めてある。

インターフォンの呼び出しボタンを押すと、「はい」という女の声の背後に、幼児の嬌《きょう》声《せい》が聞こえた。しばらくして、髪をほんのり明るくした若い女が出てくる。彼女が古溝の妻・果穂《かほ》のようだ。

二人の刑事はリビングに通された。小さい子どものいる家らしい、あちこちに玩具の散らばった生活感のある部屋だった。

小さな女の子が、満面の笑みで歩み寄ってくる。インターフォン越しに聞こえた声は、この子のようだ。

「こんにちは。お名前はなんていうんですか」

音喜多は帽子を脱ぎ、ソファに腰を下ろしながら訊いた。

「ねいろ」

「ねいろちゃんか。いい名前だね」

漢字でどう書くのかは知らないが、音楽家の娘らしい名前だ。

ねいろは短い手をのばし、おもむろに音喜多の髪の毛をわしづかみにした。そのまま「もじゃもじゃ、もじゃもじゃ」と力任せに引っ張り回す。

「あいたたた……！」

思いのほか強い力に顔が歪《ゆが》んだ。

「こら、ねいろ。やめなさい」

果穂が慌てて娘を抱きかかえる。

「すみません」

隣で笑いを堪える鳴海を軽く睨《にら》んでから、果穂に視線を戻した。

「かまいません。こちらこそすみません、お忙しいところ」

「いいえ。誰かと話していたほうが、気が紛れますから」

若くして未亡人となった女は、悲しげに目を伏せた。

「あの人は、いつごろ戻ってくるんでしょうか」

「あの人」とは、彼女の夫の遺体だ。

「これから司法解剖を行いますので、一週間ほどみていただければ」

「じゃあ、葬儀はそれからということですね」

音喜多は軽い目礼で応じた。

「本当に殺されたんですか」

視線を刑事たちに向けながら、じゃれつく子どもを片手であしらっている。

「ええ。おそらくは」

「そうですか……」

まだ実感が湧かないという、どこか呆《ほう》けたような表情だった。

「このところ、裕樹さんになにか変わったことは」

音喜多が言い終える前に、果穂はかぶりを振っていた。

「まったく。今朝、警察署のほうでも話した通りです」

「仕事のことで悩んでいたなど」

「仕事の話は、自宅に持ち込まない人でしたので」

「あれ、見てもいいですか」

鳴海が壁を指さした。

コルクボードにたくさんの写真が貼り付けてある。考え抜いてコラージュしたというより、思いつくまま無造作《むぞうさ》に貼り付けたという印象だった。

「ええ。どうぞ」

果穂は女性刑事の唐突な行動に意表を突かれたようだ。

立ち上がった鳴海が、コルクボードに歩み寄る。ねいろがその後ろを追いかけて、「これ、パパ。これ、ねいろ」と嬉しそうに解説していた。

音喜多は質問を続ける。

「裕樹さんが亡くなったのは、午前三時ごろでした。帰りはいつもそれぐらい遅いのですか」

「仕事が仕事なので、かなり不規則です。それぐらいになることも珍しくありません。レコーディングが長引くと、朝までかかったりするらしいので」

「裕樹さんって、吹奏楽部出身なんですか」

鳴海の声が飛んできた。「パパ、パパ」と、鳴海に抱っこされたねいろが、コルクボードを指さしている。ねいろの人差し指の先には、集合写真が貼ってあった。男は学生服、女はブレザーという格好なので、被害者の学生時代の写真のようだ。

「そうです。それは古溝の高校時代の写真です」

「コルネットは、このときから？」

「中学時代からみたいです。大学で東京に出てきて軽音サークルで出会ったのが、いまのバンドの前身となるバンドのメンバーだったと聞きました」

「コルネット？　トランペットじゃないのか」

　そもそもコルネットという名前自体、初めて聞いた。

「似てるけど違います。とはいえ、専門家でも区別がつかないこともあるぐらいですから、普通の人はほぼ同じ楽器と捉えて問題ないと思います。運指と音域はまったく同じなので、コルネットが演奏できる人は、トランペットも演奏できます。ただ高校の吹奏楽部では、ほとんどコルネットが使用されています」

「なにか理由があるのか」

「ほかの楽器との調和ですかね。コルネットのほうが少し丸みのある音が出るので。ロックバンドでトランペットを演奏しているのは、トランペットのほうが高くて抜けの良い音になるので、ソロを取りやすいからかもしれません」

へえ、としか言いようがない。細かい音の違いで楽器を使い分けているのか。

音喜多は果穂に視線を戻した。

「大学はやっぱり、音大ですか」

「いいえ。慶明《けいめい》の……たしか経済学部でした」

「慶明を出て、ミュージシャンに？」

意外だった。慶明といえば私大では全国トップクラスだ。

「もったいないですよね。普通に就職活動をしていれば、もっと安定した仕事に就けたろうにって、よくこぼしていました」

「それでもミュージシャンとして成功して、こうして都内に一戸建ても購入されたのだから、すごいです」

建売とはいえ、このあたりで一戸建てを購入しようと思えば億は下らない。

「この家は、ほとんどうちの親が購入したようなものですから」

果穂が意味深な笑みを浮かべた。

華やかに見える仕事だが、意外に金にならないものなのだろうか。あるいは借金トラブルを抱えていたら、犯行動機になりえる。経済状況についてどう質問しようか考えていると、意を汲《く》んだように果穂が話し始めた。

「作詞作曲をしている人はそれなりに儲《もう》かっているみたいですけど、演奏するだけのメンバーはそんなに……って感じです。入るときには入りますけど、それこそライブもレコーディングもないときには、無収入ですから」

「それなら、コロナ禍のときには大変だったでしょうね」

「ええ、まあ」

「借金とか、あるんですか」

鳴海が身も蓋《ふた》もない訊き方をした。

果穂は面食らった様子だが、それが警察の仕事だからしかたないと理解しているのか、それとも鳴海のキャラクターのおかげか、とくに気分を害したふうでもない。軽く肩をすくめる。

「家のローンが残っていますけど、それ以外には……生活が苦しいときには、うちの親から支援してもらいます。借金の必要はありません」

「ご両親はお金持ちなんですか」

あまりの直截《ちょくせつ》さにひやひやするが、訊きにくいことをズバズバ訊いてくれるので、正直助かる。

「九州のほうで工務店を経営していて、それなりに裕福だと思います」

「ご出身は九州ですか」

音喜多の質問に、果穂は顎を引いた。

「ええ。福岡県の北九州市です」

「北と南のカップルですね」

鳴海の発言の意味が、音喜多にはわからなかった。

鳴海は集合写真を見ながら言う。

「この見山高校って、北海道の公立高校ですよね」

「よくご存じですね」

果穂の反応を見る限り、鳴海の指摘は正しいようだ。

「一度だけ全国大会に出たことがあるので」

「全国大会？」

音喜多は鳴海に訊き返した。

「全日本吹奏楽コンクールの高校の部です。吹奏楽の甲子園ともいわれる、大きな大会です。見山高校が出たのはかなり昔の話ですけど……もう二十年近く前になるかな」

「よくそんなの覚えてるな」

二十年近く前だと、鳴海はまだ十歳ぐらいのはずだ。音楽の英才教育を受けていたとはいえ、吹奏楽のコンクール結果までチェックしていたのか。

「全国にはだいたい決まった強豪校が出てくるのに、ぜんぜん聞いたことのない名前だったから、記憶に残っているんです」

　母親から無理やり音楽の英才教育を施されていたような話を聞いたが、音楽が嫌いだったわけではないようだ。ひそかに安堵する。

「見山高校の吹奏楽部は強豪なんだな」

「いいえ」と鳴海から否定された。「全国大会で見山高校の名前を見たのは、一度きりです」

「そうなのか」

まぐれで出場したのか、それともその代にだけ、才能のある演奏者が在籍したのか。

　果穂が口を開く。

「そういえば、古溝から聞いたことがあります。古溝が中学生のときに、見山高校が全国大会に出場したそうです。だから憧れてその学校を受験したのに、自分たちの代は箸にも棒にもかからなかったって」

「裕樹さんとは、東京で出会われたんですか」

　音喜多は訊いた。

「はい。学生時代に西麻布《にしあざぶ》のカフェでアルバイトしていたんですが、彼の所属する事務所が近くにあって、よくお客さんとして来ていたんです」

「ナンパだ」と鳴海はどこまでも遠慮がない。思ったことをすぐに口にしないと気が済まないのか、こいつは。

「平たく言えば、そうですね」果穂が苦笑を挟む。

「私、ツートーンズの名前すら知らなかったので、バンドでトランペット吹いてるって言われても、ただ胡散臭《うさんくさ》いとしか思わなくて、最初は断ったんです。でも何度もお店にやってきてお話しするうちに、だんだん悪い人じゃないかもって思えてきて」

「そんなに熱心に」

鳴海の口調にこめられた同情の理由が、そのときの音喜多には理解できなかった。

「ええ。それから二年付き合って結婚しました」

「いまは結婚何年目ですか」

鳴海がねいろを抱っこし直しながら訊いた。

「四年目です。この子が――」と、立ち上がった果穂が、鳴海から娘を受け取る。「この子がお腹にいるのがわかったので、籍を入れようという話になって」

うんうんと頷きながら話を聞いていた鳴海が、おもむろにとんでもない爆弾を落とした。

「裕樹さんが家に帰ってこなくなったのは、いつからですか」

音喜多はぎょっとして顔を上げた。

果穂は大きく目を見開いたまま、固まっている。

「ど、どういうことですか」

「だから、裕樹さんがこの家に帰ってこなくなったのは、いつからですか」

音喜多がいったん開きかけた口を噤《つぐ》んだのは、果穂の表情を見て、鳴海の推理が当たっていると確信したからだった。こういうときの鳴海を邪魔してはいけない。

それでも果穂は認めようとしない。

「帰ってきています」

「四分の一音ほど、高いんです」

鳴海は言った。

「は？」

「さっきまでの話し方と比べて、四分の一音ほど声が高くなっています」

「それが、どうしたっていうんですか」

なにか論理的な説明があるのかと思いきや、続く鳴海の話を聞いてずっこけそうになる。

「興奮してるのかなって……」

「そりゃ興奮します。あなたが失礼なことを言っているんですから」

「なんか……ごめんなさい」

鳴海が顔をかいて謝る。

止めたほうがよかったのだろうか。

音喜多がそう思ったとき、鳴海がふたたび話し始めた。

「ただ、裕樹さんがほとんど家に帰っていないのは間違いありません」

「まだそんなことを言うの」

果穂の顔が真っ赤になった。

「待ってください。落ち着いて。ちゃんと説明しますから」

両手を見せて果穂をなだめ、鳴海が言う。

「根拠その一、この家には楽器が見当たりません」

「この部屋に置いていないだけで、書斎にあります。お見せしましょうか」

「いや、けっこうです」

だいぶ分が悪いように思えるが、大丈夫だろうか。

「根拠その二」と、鳴海が立てた人差し指に中指を加え、ピースサインを作る。

「裕樹さんのランドクルーザーは、この家から三〇メートルほど離れた月極駐車場に停まっていました。ところが実際には、裕樹さんはそこの月極駐車場と契約していません。違法駐車だったんです。深夜だし、少しの間なら大丈夫だと考えたんでしょう。つまり帰宅はしたものの、この家には少しの時間しか滞在しないつもりだった」

果穂は反論の言葉を探すように視線を泳がせている。

鳴海がピースサインに薬指を加えた。

「根拠その三、その結婚指輪」

果穂がとっさに左手薬指を隠すしぐさをする。だがもう遅い。

「サイズ、合っていませんよね。いまの果穂さんには大きすぎるみたいで、ぶかぶかです。そんな状態では、なにか家事をするたびに落としてしまいます。たぶん、果穂さんは結婚してから痩せたんです。そして最近は、その指輪を外して過ごしていた。結婚指輪を外して生活する人自体は、そんなに珍しくはありません。指輪を付けること自体に違和感があるとか、仕事の関係でずっと付けているわけにはいかない人もいるでしょうから。重要なのは、果穂さんが警察の来訪に合わせて、普段外していた指輪を装着したことです。夫婦関係が円満であるとアピールする目的があったのでしょうが、本当に夫婦関係が円満であれば、わざわざアピールする必要はありません」

完全に血の気が引いた果穂の顔色は、蠟人形《ろうにんぎょう》のようだった。

5

ばいばーい、と手を振る女の子に、笑顔で手を振り返す鳴海の後ろ姿を見ながら、こいつはたんに無邪気なのか、それとも鋼のメンタルの持ち主なのかと、音喜多は考えた。

いまにも死にそうな顔をした果穂が、玄関扉を閉める。

「やれやれだな」

被害者宅に背を向けながら、音喜多は首をまわした。

鳴海の推理通り、夫婦生活は完全に破綻していた。被害者は若い愛人のマンションに入り浸っており、自宅にはたまに郵便物を取りに来る程度だったという。だから深夜三時だったのだ。妻子の寝静まった時間に合鍵でこっそりと入り、必要な用事を済ませて立ち去る。事件の起こったときもそのつもりだったのだろうと、果穂は認めた。

「鳴海、どうした」

バス停に向かおうと歩き出してから、音喜多は振り返った。

鳴海は被害者宅に背を向けて仁王立ちになり、周囲を見回している。

「なにやってんだ。もう腹が空いたのか。行くぞ」

顎をしゃくって促しても、動かない。

「お腹は空いていません」

鳴海はそう言った後で、思い直したように付け加える。

「だからといって、なにかを食べようという提案を拒否するつもりはありません」

「そんな提案、するつもりはない。さっきコンビニで食べたばっかだろうが。どこかで聞き込みするたびに食うつもりか」

「だったら嬉しいです」

「残念ながら警察の労働環境はそこまでホワイトじゃない。ってか、なにやってる」

音喜多は鳴海の視線を辿《たど》った。なにもない。平穏な住宅街が広がっている。

鳴海が歩き出した。音喜多が向かおうとしていたのとは逆方向だ。

「おい。どこに行く」

鳴海は応えない。きょろきょろと周囲を見回しながら進む。

「そっちはバス停じゃないぞ」

「バス停には向かいません」

「なんで」

「バスに乗るつもりがないからです」

わけがわからない。なんなんだ、いったい。

音喜多は鳴海を追いかけた。

「駅まで歩くと遠いぞ」

「駅にも行きません」

「どうして」

果穂から被害者の浮気相手の名前を聞いた。梶村《かじむら》茉愛《まい》。アイドルグループのメンバーで、被害者がレコーディングに参加した縁で知り合い、果穂の妊娠中に深い仲になったようだ。

出産後ほどなく浮気に気づいた果穂が夫を問い詰めたところ、妊娠中にセックスを拒んだおまえが悪いと開き直り、家を飛び出していったのだという。以来、被害者は自宅に寄りつかなくなった。

果穂は警察だけでなく、自分の両親にも円満な夫婦生活を装っていた。相手がミュージシャンという理由で結婚を大反対されたため、結婚生活が破綻したのを知られたくなかったようだ。だから警察の来訪に合わせて普段は外している結婚指輪を身につけ、夫婦円満を装った。

被害者と不倫関係にあった女となれば、重要な関係者に違いない。音喜多は恵比寿にあるという、梶村のマンションを訪《たず》ねるつもりだった。

が、鳴海は明後日《あさって》の方向へと突き進んでいる。事件の真相に近づく最短距離を選んでいるのかもしれないが、相棒である音喜多に説明がないのは困りものだ。

もうこいつを信じるしかない。

途中から音喜多は口を噤み、鳴海の行動を見守ることにした。

鳴海はせわしなく視線を巡らせながら歩く。なにかを探しているのは間違いない。

問題は、なにを探しているか。それはわからないが、鳴海が向かっている方角だけは見当がついた。被害者が車を違法駐車していた月極駐車場だ。いまでは被害者の車はレッカー移動されている。

事件に遭ったときの、被害者の足跡を辿っている？

おそらく間違いない。被害者は月極駐車場に車を入れ、自宅に向かう途中で犯人に出会った。被害者宅から月極駐車場に向かうのは、被害者の足取りを逆行するためだ。その行為に、なんの意味があるのか。遺留品を捜すのならば、下を見ながら歩く。しかし鳴海は視線を上げ、周囲の住宅を見ている。

「あそこなんかよさそう」

鳴海が立ち止まったのは、月極駐車場まであと一〇メートルという歩道だった。その視線は相変わらず、車道を挟んだ住宅街に向けられている。

ふいに車道に飛び出そうとした鳴海の手首を、音喜多はつかんで引き留めた。

「危ないだろ。なにやってるんだ」

目の前を自動車が通過する。

「つい夢中になっちゃって」

鳴海がぺろりと舌を出した。

「そろそろ種明かししてくれないか。なにを探している」

「あそこからなら、被害者宅から駐車場まで、よく見えます」

鳴海が指さした方角には、マンションらしき建物があった。建築基準が異なるのか、周囲の一戸建てから頭一つ抜き出ている。

ようやく合点がいった。

「ホシはどこかの建物から、被害者宅を見張っていたというのか」

「もしかしたらそうかなと」

大胆な行動のわりに、口調は自信なさげだ。

「事件が起こったのは午前三時だ。しかも自宅に寄りつかなくなっていた被害者は、いつ帰宅するかわからなかった」

「実際に犯人は、その時間に被害者に接触しています」

「そりゃそうだが」

風雨をしのげる場所で張り込むにしても、並大抵の精神力ではない。とても現実的な方法とは思えない。

「被害者が転落したのは、ここから五分ほど歩いた場所にあるマンションの屋上です」

鳴海は現場の方角を指さした。建物に阻まれてここからは見えない。

「ああ。だからホシは、ガイシャの知り合いだと推定される」

でなければマンションの屋上までついていかない。だからこそ、愛人の存在が判明したのは重要な新展開につながる。

「知り合いだけど、それほど近い関係ではありません。愛人の家に入り浸っているなら、そっちで待っているほうが会える確率は高いはずです」

それもそうだ。目から鱗《うろこ》が落ちる思いだった。

「それに、あらかじめ約束してマンションの屋上で待ち合わせていた可能性も低いと思います。誰かと待ち合わせするのに、わざわざそんな場所を選ぶ必然性が感じられません」

最上さんには悪いですけど、と肩をすくめる。

「ホシはガイシャの自宅の場所を知っていても、プライベートの人間関係まで把握していない人物ってことか。熱狂的なファンとかか？」

「ファンなら、夜道で待ち伏せされて、マンションの屋上までついていかないと思います」

「それもそうだ。即、警察に通報する」

「ええ。ですから犯人は、被害者の知人。だけど、愛人などのプライベートは把握しておらず、電話番号などの連絡先も知らない。だから粘り強く被害者が帰宅するのを待って、接触するしかなかった」

「そいつはどうかな。連絡先を知っていたが、履歴を残したくないからあえて連絡しなかった、という可能性もある」

「だとしても同じです。被害者がいつ自宅に帰るのか、犯人には予測がつかなかった。この場所で被害者に接触しようとするなら、長期戦の覚悟が必要になります。物陰に隠れて張り込むなんてやり方では、目的を果たす前に警察の職質に遭うのがオチです」

「だからマンションだかアパートだかから、見張っていたっていうのか。ホシは近隣住民なのか」

「わかりません。ちょっと見に行ってみませんか」

提案というより、宣告だったらしい。音喜多の返事を待たずに、鳴海が歩き出した。しかたなく音喜多もついていく。

車道を横切り、細い路地を入って二〇メートルほど進むと、先ほど鳴海が見つめていたマンションらしき建物についた。クリーム色の外壁が色あせた、やや古びた四階建てのビルだった。オートロックはなく、誰でも建物内に出入りできるようだ。

建物の出入り口に設置された銀色の集合ポストには、入居者名の表示がない。

「ハズレじゃないか」

音喜多がそう言ったのは、三階と四階の部屋番号が書かれたポストから、投げ込みチラシの束が飛び出しているからだった。駐車場からは、手前にある一戸建てに阻まれてこの建物の三階部分と四階部分しか見えなかった。ということは、この建物の三階以上の部屋でなければ、駐車場を見張ることはできない。

鳴海が階段のほうへと歩き出した。

「はいはい。わかりましたよ」

音喜多は鳴海を追う。

エレベーターはなく、階段で四階まで上がる羽目になった。日ごろの運動不足がたたって、息が上がる。

ようやく四階の廊下に出たとき、音喜多は「あ」と声を漏らした。

外廊下の左側に、扉が三つ並んでいる。その扉のノブには、電気使用申込書がぶら下がっていない。すでに入居者のいる部屋ということだ。下の集合ポストを見る限り、てっきり空室だと思っていたのだが。

鳴海は手前の部屋のインターフォンの呼び出しボタンを押した。反応はない。すぐに隣の部屋に移動し、同じことをする。

するとインターフォンから「はい」と男の声がした。ほどなく扉が開き、三十歳くらいの男が顔を出した。

「お休みのところすみません」

音喜多は警察手帳を提示し、自己紹介した。

「あの事件のことですか。この近くのマンションから人が突き落とされたってやつ」

「ご存じですか」

「ネットで見ました。現場のマンション、どこかで見たことあると思ってたけど、すぐそこだったんですね。驚きました。いつも前を通っていたので」

男が現場のマンションの方角に視線を向ける。

「事件が起こったのは今日の午前三時ごろですが、その時間はご在宅でしたか」

「そりゃそうです。家で寝てました。うっすらパトカーだか救急車だかのサイレンを聞いた気がします。でもうるさいなと思って布団をかぶってたら、そのまままた寝てました。せっかくの休みなのに、こんな時間に起こされたくないと思ったんです」

「ちなみにお仕事はなにを？」

「ＳＥです。長期の仕事で先月からここに滞在しています」

「もしかしてここって、ウィークリーマンションですか」

鳴海は周囲を見回しながら訊いた。

「そうです」

そういうことか。短期の滞在で郵便物が届くことはほとんどないため、集合ポストには投げ込みチラシがあふれている。管理会社が一括して借り上げて契約しているので、電気使用申込書がノブに吊り下げられていることはない。

「この物件を管理している会社の連絡先を、教えていただけますか」

音喜多の申し出に「いいですよ」とすんなり応じ、男は靴箱の上にあるクリアファイルを手に取った。入居者への注意書や、ライフラインで困ったときの連絡先などの書類がまとめられているようだ。

「あった。これだ」

男が差し出してきた書類には、フリーダイヤルの電話番号が記載されていた。

6

「こんにちは」

サッシ戸を開いて呼びかけると、背の高い機械の向こうから金髪の青年が顔を覗かせた。

おずおずと歩み寄ってくる。

「はい。なんでしょう」

「こちらに田向《たむかい》健次《けんじ》さんという方は……」

音喜多が提示した警察手帳に、露骨《ろこつ》に迷惑そうな顔をする。

「田向さん、なにかしたんですか」

「そういうわけではないのですが、ある事件に関係あるかもしれないので、お話をうかがいたいのです」

「ちょっと待ってください」

青年は建物を入ってすぐ右手にある階段を駆けのぼった。屋内なのに鉄骨階段らしく、かんかんかんと靴音が甲高い。

誰かと二、三、会話する声がして、戻ってきた。

「いまは出てるみたいなので、電話してみます」

「ありがとうございます。よろしくお願いします」

青年がスマートフォンで電話をかけた。

「あ、田向さん。モリです。いまどこですか？　戻ってこられます？　いや、警察……が来てるんです。はい。わかりました。じゃあ、そう伝えます。待ってます」

青年の名前はモリというらしい。

「集金に出かけているみたいで、十分もすれば戻って来られるそうです」

「こちらで待たせていただいても？」

「いいですよ。どうぞ、入ってください」

音喜多と鳴海は新聞販売店に入った。二十畳ほどの空間に、チラシ折り込み用の作業台が三台設置されている。奥の壁際にうずたかく積まれた新聞は、余ったものだろうか。

「どうぞ。座ってください」

青年が丸椅子を持ってきてくれた。

「ありがとうございます。では遠慮なく」

「おれは仕事あるんで」

「かまいません。どうぞ」

モリは先ほどまでの作業に戻った。彼が操っているのは、折り込みチラシをまとめてくれる機械のようだ。十段ほどに分かれた差し込み口から異なるチラシを挿入すると、反対側から新聞一部ぶんにまとめられたチラシが吐き出される仕組みのようだ。

「折り込みチラシって、そういうふうに作ってるんですね」

世間話で間をつなごうとしたが、作動音が大きすぎて聞き取れないようだ。モリが機械を止めて「なんですか」と訊ねてくるので、「なんでもないです。お仕事を続けてください」と手を振った。

ウィークリーマンションの管理会社に連絡を取り、月極駐車場の出入りを監視できる位置にあるマンションの三階と四階の入居者について情報を求めた。ほとんどが仕事のために地方から上京した短期滞在者だったが、一人だけ、都内に現住所がありながら契約している者がいた。それがいま訪ねている田向健次だ。

田向の住所は、荒川《あらかわ》区南千住《みなみせんじゅ》にある新聞販売店だった。いまのモリの動きを見る限り、販売店の上が従業員の寮になっているようなので、そこに住んでいるのだろう。

田向は駒沢のウィークリーマンションを先週から契約し、一か月ぶんの家賃を前払いしていた。荒川区に居住しているのに、世田谷区のウィークリーマンションを契約するのはいかにも不自然だ。事件に関係している可能性がある。

機械が止まったタイミングで、モリに話しかけた。

「朝は何時起きですか」

モリは出来上がった折り込みの束を抱え、作業台の上に積み上げた。

「だいたい三時くらいですね」

「三時」と鳴海が目を丸くする。「私ならぜったい起きられない」

「おれもだよ」

音喜多は笑った。

「慣れればどうってことありません。まあ、中には耐えられなくてバックレる根性なしもいますけど。っていうか、この仕事、そういうやつばっかりだ。よそで使い物にならないで流れ着いてくるような人間の集まる、掃きだめみたいな職場ですから」

卑屈な笑みを浮かべながら、モリが軍手をはめ直す。

「休日とかは、どうなっているんですか」

「うちの場合は月に五日です。自分の担当区域を配達できる代配さんと相談して、交代で休みます」

「そうか。自分の代わりに新聞を配達してくれる人がいないと、休めないんですね」

「休刊日は月に一日しかありませんから」

「あれがシフト表ですか」

鳴海が指さした方向には、ホワイトボードに大きなカレンダーが貼り付けてある。

「そうです」

シフト表によれば、田向の休日は五日前。朝三時起きの仕事であれば、欠勤しないと昨日の犯行は不可能だ。

空振りか？　それにしても、世田谷区のウィークリーマンションを借りた目的をたしかめる必要がある。

そんなことを考えていると、サッシ戸の向こうにバイクのエンジン音が近づいてきた。新聞配達用のスーパーカブだ。新聞社のロゴが入ったジャンパーを羽織り、集金鞄《かばん》をたすき掛けした男が、シートに跨《また》がっている。男はスーパーカブのスタンドを立て、ヘルメットを脱いで店に入ってきた。

「お待たせしました」

丸顔で頬が赤く、いかにも人のよさそうな男だった。彼が田向健次のようだ。

自己紹介する音喜多と鳴海を、田向は緊張を湛えた顔で見ていた。

「それで、今日はどういう……」

「田向さん、先週から世田谷区駒沢のウィークリーマンションを契約されていますよね」

田向の顔色が変わった。

「いや。それは、私ではなくて、名前を貸しただけといいますか」

「名前を貸した？」

音喜多は訊き返した。

「そうなんです。宮城さんから頼まれて……自分じゃ部屋を貸してもらえないかもしれないからって」

「あいつか」と反応したのは、モリだった。「田向さんマジで人が良すぎるよ。てっきりおれ、田向さんがなにかやらかしたのかと思って、内心めっちゃドキドキしてたからね」

そう言って胸を撫《な》で下《お》ろしている。

「宮城さんというのは？」

音喜多の質問に、モリが忌々《いまいま》しげに顔を歪めた。

「さっき話した、耐えられなくてバックレるやつっていうのは、宮城のことです」

「ということは、もうここには……」

「いません。いなくなったの、先週だっけ。朝刊の時間になっても出てこないから部屋まで呼びに行ったら、消えてたんです。おかげでその日の配達、不着やら遅配やらの苦情電話が殺到してヤバかった。マジで信じられないわ、あいつ。死ねばいいのに」

「死ねだなんて、軽々しくそういうことを言うものじゃないよ」

田向の口調からは遠慮がうかがえる。年齢は遥かに田向のほうが上だが、仕事上の立場は逆のようだ。

「だけどおかしいでしょう。辞めるのはかまわないですよ。合う合わないは誰にだってあるし。百歩譲って、その日、急に辞めてもいい。いまから辞めますって言われたら、むかつくけどしょうがない。おれが許せないのは、なんも言わずに消えたことです。あいつ、せっかく雇ってもらったのに、どんだけ恩知らずなんだ。だから前科者は……って言われるんですよ。受け入れてもらえないんじゃなくて、自分からチャンスをふいにしてるじゃないですか」

「待ってください」と、音喜多は割って入った。

「その宮城という方には、前科があるんですか」

モリが頷いた。

「らしいですよ。っていうか、前科どころか元極道って聞きましたけど。田向さん知ってます？　あいつ、背中全体に刺青《いれずみ》入ってるの」

「知らない。そうだったの」

田向が不安げに眉を下げる。

「そうっすよ。だからあいつ、ここでシャワー浴びて出てくるときも、必ず長袖のスウェットで身体《からだ》を隠してたじゃないですか」

「そういえば、そうだね」

「あれ、腕までびっしり絵が描いてあるからなんすよ」

「知らなかったよ。とてもそんなふうに見えないから」

「それが笑っちゃうんですけど、線は入ってるけど色は塗ってないんです。刺青ですら途中でやめちゃってるんです。クソダサくないですか」

「ごめんなさい」と音喜多は手刀を立てて、注意を引いた。

「その宮城という方について、詳しく聞かせていただけますか」

「詳しくって言っても、すぐ辞めたんで、よくは知らないんですけど」とモリが田向を見た。「あいつが入ってきたのって、三週間くらい前ですかね」

「それぐらいだったと思う」

田向が頷く。

「三週間前に入ってきて、先週辞めたってことは、うちにいたの、たった二週間です」

もっとも、変に慣れるまでいられるよりは痛手が少なかったかもしれませんけどね、と、モリが肩をすくめる。

「前科があるせいで、なかなか雇ってもらえるところがなかったのを、うちの店長が拾ったって聞きました。うちの店長、そういう活動やってんすよ。なんていうんですか、その、刑務所に入っていた人の社会復帰を助けるみたいな。だから、うちの従業員の何人かは前科持ちなんです」

「宮城という人物は前科があるせいで、ウィークリーマンションの審査に落ちる可能性があった。だから田向さんが名前を貸した、ということですか」

「そうです。申し訳ありません」

田向が居心地悪そうに縮こまる。

「なぜ宮城は、ウィークリーマンションを借りようとしたのでしょう」

「さあ、理由は訊かないでくれと言われたので。ぜったいに迷惑をかけることはしないので、とにかくおれを信じて協力してくれないかと頼み込まれて……」

「応じちゃったの？」

モリがあきれた口調で言い、田向ががっくりと肩を落とす。

「ダメじゃないか、田向さん。あんなやつの口車に乗せられちゃってさ」

「でも、誰かが信じてやらないと、立ち直りたくても立ち直れないじゃないか」

「それで騙《だま》されてりゃ世話ないよ」

「でもまだ騙されたと決まったわけじゃ……」

「もう騙されてるんだって。いい加減《かげん》気づきなよ」

田向はすがるような顔でこちらを見た。

「宮城さんは、いったいなにをしたんですか」

「すみませんが、捜査については申し上げられません」

「ぜったいなんかやらかしたんだ。もうあんなやつ、とっ捕まって二度と娑婆《しゃば》に出てこなきゃいい」

モリにとって、宮城の犯行は既成事実のようだ。

「モリくん。そんなことを言ったらかわいそうだよ」

「わかってないですね。客観的に見てかわいそうなのは、宮城より田向さんですよ」

田向が背を丸めて小さくなった。

「宮城さんに連絡を取ることは可能ですか」

シフト表を眺めていた鳴海が、こちらを振り向いた。

「無理です」と田向がかぶりを振り、モリが引き継ぐ。

「さっきも言ったでしょ。あいつは先週いきなりバックレたんです。おれらが電話しても、出るわけがない」

「なにか事情があるんじゃないかと思って、私も何度か電話をかけてみました。でも……」

　応答しなかったらしい。田向が沈痛な面持ちで目を閉じる。

「電話番号はわかりますか」

　鳴海がスマートフォンを取り出した。

「わかります」

田向は集金鞄から取り出したスマートフォンで宮城の番号を検索し、鳴海に伝えた。

即座に電話をかけた鳴海が、しばらくしてスマートフォンを顔から離す。

「電源が切られています」

「おれたちだから着信拒否してるわけじゃないんだ」

モリが顔をしかめた。

「宮城さんがいなくなったのは、先週とおっしゃいましたよね。ウィークリーマンションは一週間前からの契約です」

音喜多の言葉に、田向が悲しそうに顔を歪める。

「そうです。あの人がいなくなったのは、私がウィークリーマンションの契約手続きをした二日後のことでした」

「田向さん、そら完全に利用されてるわ」

モリが言う。

「駒沢のウィークリーマンションのほうを訪ねたりは？」

二人はかぶりを振った。

「いいえ」

「おれらも暇じゃないんで。ウィークリーマンションの件がなければ少しは心配しましたけど、田向さんからその話を聞いたら、自分の意思で飛んだのは明らかだったから」

「契約金や家賃については、宮城さんがすべて支払ってくれていたので、請求する必要はありませんでしたし」

「支払ってくれていたって……あいつが自分で支払うのが当然なんですよ」

「そう、なんだけど」

田向にとって、宮城はけっして印象の悪い存在ではないようだ。

「宮城さんは、こちらにお住まいだったんですよね」

音喜多が質問すると、モリは視線を階段のほうに向けた。

「そうです。上に住んでました」

「荷物は？」

「出て行ったときの状態そのままです。さっさと処分してもいいんだけど、いきなり戻ってきて、荷物を勝手に捨てられたとか文句言われても嫌なんで」

「部屋を見せてもらうことは可能ですか」

「いいですよ」

モリに先導されて階段をのぼる。のぼりきった先に下足箱があり、薄汚れたスニーカーがいくつも無造作に突っ込まれていた。壁には雨天時に使用すると思《おぼ》しき緑色のレインコートが、ハンガーで吊るしてある。

狭い廊下が前方と左方向の二手にのびており、それぞれの廊下沿いに扉が三つずつ並んでいた。

宮城が住んでいたという部屋は、左側の廊下の、もっとも階段に近い扉だった。

「そのまま残ってるっていっても、たいしたものはないですけどね」

モリがそう前置きして扉を開けた。

部屋は三畳ほどの広さで、畳一枚ぶんが一段高くなっている。そこはベッドとして使用されていたらしく、布団一式が折りたたまれていた。部屋の隅に置かれた洗濯かごに無造作に詰め込まれた衣類は汚れ物なのか、やや汗臭い。

「これだけですか」

部屋を見回しながら、音喜多は拍子抜《ひょうしぬ》けした。大人が生活するにはかなり狭いはずだが、そう感じないほど物が少ない。

「あの人、テレビとかまったく見ないと言っていましたし」

部屋の外から田向が言う。

「っていうか、ここに住んでたのも二週間ですからね。生活用品を買い揃える前にバックレたって感じじゃないですか。っていうか、最初からバックレるつもりだったから、あえて荷物を少なくしていたのかも」

モリはあくまで辛辣だ。

音喜多の横をすり抜けて、鳴海がベッドに歩み寄る。布団の脇のほうに、三冊の雑誌が重ねてあった。布団に横になって読んでいたのだろう。

いちばん上の雑誌は女性の裸ばかりが載っている成人向け雑誌、二番目は芸能ゴシップ記事がメインの週刊誌。

「これは……」

もっとも下にあった雑誌を、鳴海は両手で持ち上げた。

「鳴海。どうした」

振り返った鳴海が、こちらに表紙を向けてくる。

音喜多は思わず目を瞠《みは》った。

雑誌の表紙には、ステージで演奏するブラスバンドの写真が使われていた。真剣な面持ちで楽器をかまえるバンドのメンバーは全員がかなり若く、高校生ぐらいに見える。『ブラスファン』というのが、雑誌名だろう。吹奏楽の専門誌だろうか。

たしか殺された古溝も、中学高校と吹奏楽部だった。

鳴海が雑誌を開き、パラパラとめくる。

そして弾《はじ》かれたように顔を上げた。

「なんだ」

なにを見た。なにが載っていた。心臓が早鐘を打ち始める。

鳴海が開いた紙面をこちらに向けた瞬間、音喜多は全身の産毛が逆立つのを感じた。

古溝の写真が載っていたのだ。

『吹奏楽部の思い出』というコーナーで、吹奏楽部ＯＢとしてインタビューを受けたようだ。

「つながりましたね」

鳴海のぱっちりした大きな目が、こちらを向く。

犯罪歴のある男が、被害者宅を監視できる場所にウィークリーマンションを契約していた。しかもその男が新聞販売店の寮に残していった雑誌には、被害者のインタビュー。見事につながった。

同時に、身震いが来る。犯人や犯行にたいする恐怖ではない。目の前に立つ小柄な女性刑事の鋭すぎる推理にたいする、畏怖《いふ》だった。

7

東急大井町《おおいまち》線の等々力駅から玉堤署のほうに向かって歩いていると、背後からクラクションを鳴らされた。

覆面パトカーの助手席から、最上が軽く手を上げる。ハンドルを握っているのは、最上とペアを組む、玉堤署刑事課の坂本《さかもと》という若手刑事だ。

音喜多と鳴海が後部座席に乗り込むのを待って、覆面パトカーは走り始めた。玉堤警察署の前を素通りし、駒沢公園に向かう。

駒沢公園の広い有料駐車場に乗り入れ、周囲にほかの車両のないスペースを選んで車を停めた。

「それにしても驚いたな。ウィークリーマンションの契約者から、疑わしい人物をあぶり出すとは。さすがだ」

最上が後部座席を振り返る。

「おれじゃない。鳴海だ」

隣に視線を滑らせると、功労者は紙パックのコーヒー牛乳に挿したストローを咥《くわ》え、足をぶらぶらさせながらスマートフォンをいじっていた。ぱっと見中学生ぐらいに見えるその女が、早々に疑わしい人物をあぶり出して見せた。いつもながら信じられない。

「最初からそのつもりで言ってるんだが」

なあ、と最上が坂本に同意を求める。坂本はどう反応するべきか困ったような曖昧《あいまい》な笑みを浮かべ、鼻の下を指で擦《こす》った。

「鳴海はうちのエースですから」

奔放な性格ゆえに玉堤署で浮き上がっているのではと心配していたが、杞憂《きゆう》だったようだ。あれほどの推理力を見せつけられれば、周囲も認めざるをえないか。

「宮城についてなにかわかったのか」

音喜多の質問に、最上が意味深《いみしん》な薄笑いで応じる。

「ああ。けっこう興味深いことがな。たぶん、おまえらも驚くと思うぜ」

「もったいつけずに早く言え」

新聞販売店を出た後、すぐに最上に連絡を入れた。最上は捜査一課に来る前は、四課で暴力団と渡り合ってきた経歴の持ち主だ。田向らの話では宮城も元暴力団員だというから、なにか情報がつかめるかもしれないと期待したのだった。

坂本が振り返り、「鞄、取ってもらっていいですか」と手をのばしてくる。音喜多は足もとに寝かせてあった鞄を手渡した。

坂本が鞄からクリアファイルに入った書類を取り出す。

「宮城和雄。三十八歳。暴行や恐喝などで、これまで五度の有罪判決を受けています。直近では覚醒剤所持容疑で実刑判決を受け、およそ二年服役した後、三か月前に出所したばかりでした」

「二年の実刑？　なかなかだな。常習者か」

自己使用目的で所持していた場合、初犯ならたいていは執行猶予がつく。

「みたいだな」と、最上がかぶりを振った。「二十代のころにも同じ罪で服役している。それ以外に暴行、恐喝、詐欺と来てもう一度覚醒剤。罪状だけ見れば札付きのような印象だが、どれも被害額の小さいケチな罪みたいだな。札付きというよりは、筋金入りのダメ人間だ。公判では情状証人すら立てられず実刑になり、身元引受人がいないという理由で満期までおつとめする羽目になった」

「家族はいないのか」

「母親と暮らしていたが、宮城が二十二歳のときに亡くなっている。いまは天涯《てんがい》孤独《こどく》の身だ」

「死因は？」

「がんです」

坂本が答え、最上が続ける。

「元暴力団員って話だが、どうやら十年以上前に足を洗ってる。長陽《ちょうよう》組系の野島《のじま》一家っていう組だ」

「聞いたことがないな」

捜査一課の音喜多でも、都内の暴力団についてはそれなりの知識がある。よほど小さな組なのだろうか。

「四課時代の伝手《つて》を辿って探りを入れてみた。表向きはてめえから足を洗ったことになってるが、実際は破門に近いかたちで追い出されたってことらしい。連中もはっきりとは言わないが、売り物のシャブに手を出して、使い物にならなくなったってところだろう。ヤクザすらつとまらないクズってわけだな」

なるほど、と呟《つぶや》き、音喜多はこぶしを口にあてた。

「そんな男が、なんで成功したミュージシャンを狙ったのか」

「なんでだと思うよ」

ルームミラー越しの最上の目が、勝ち誇ったように細められる。おまえは知らないが、おれは知っている。そう言いたげな表情だ。

「なんだよ、早く言え」

助手席のシートを背後から軽く蹴り上げた。

おう、と最上が身体を浮かせる。

「宮城が所属していた長陽組の野島一家だが、おまえは知らなくて当然だ。なにせ札幌《さっぽろ》のすすきのを根城《ねじろ》にしてる組だからな」

「札幌？」

最上はこちらに向けた頰の片側だけ吊り上げた。それから視線で坂本を促す。

坂本がクリアファイルから取り出した資料をめくった。

「宮城の本籍地は、北海道苫小牧《とまこまい》市です」

隣で鳴海が弾かれたように顔を上げる。そのしぐさで、音喜多も思い出した。

「そういえば今回の事件のガイシャも、北海道出身だったな」

はたして偶然の符合だろうか。

それとも……。

「それだけじゃないぞ」と、最上がシートの背もたれに肘を載せ、身体ごと振り返る。

「宮城の出身校は北海道見山高校。ガイシャと同じだ」

もはや偶然なわけがなかった。

インタールード――二十年前

白い布が取り除かれた瞬間、心臓が止まりそうになった。

そこにあるのは、間違いなく息子の顔だった。転落の際に地面に衝突したと思われる顔の右半分には無数の擦り傷があり、前頭部のあたりが陥没している。

覚悟はしていた。苫小牧に戻るまでに妻が身元確認を済ませているので、人違いはありえない。それでも頭のどこかで、これがなにかの間違いであると期待していた。

実感が足もとから這《は》い上《あ》がり、全身に震えを伝える。

「大丈夫ですか。廊下にベンチがあるので、少しお休みになられては」

立ち会いの制服警官が、遺体の顔に布をかぶせた。

貝沢は頷くしかできなかった。歩み寄ろうとする警官たちを、手を上げて制し、霊安室を出る。ふわふわと全身が宙に浮いているようで、自分の肉体が自分のものでなくなったかのようだ。

ベンチに座っていた美智子が顔を上げた。全国大会出場のために苫小牧を発《た》ったのが、ほんの四日前。たったそれだけの間に、溌剌《はつらつ》として明るかった妻が、老婆のようになっていた。身元確認の役割を担わせてしまったのを、いまさらながら申し訳ないと思う。たった一人で息子の亡骸《なきがら》と対面する心境は、いかばかりか。

貝沢は妻の隣に腰をおろした。今しがた目にした光景が、目に焼きついて離れない。それなのに、どこか現実感が薄く、白昼夢の中にいるようだ。むしろ夢であってほしい。

しばらく無言で、対面の壁の染みを見つめていた。妻も口を開かなかった。沈黙を埋めようとする余裕すらない。

どうして——。

ようやく口に開きかけたとき、「貝沢さん」押し殺したような男の声がした。

視線を上げると、二人の男が立っていた。二人ともスーツを着ていて、一人は貝沢と同じぐらい、もう一人は、二年前に脳梗塞で死んだ父と同じくらいの年代に見える。若いほうが内田《うちだ》、年嵩《としかさ》のほうは松丸《まつまる》と名乗った。

「お話をうかがっても？」

会話の主導権は、やはり年齢が上の松丸が握るようだった。

貝沢が頷くのを待って、内田が手帳を開く。

「奥さまによれば、大輝くんが自殺する理由に心当たりがないということでしたが」

貝沢は妻を見た。枯れた植物のような妻は、床の一点を見つめたまま動かない。

言葉を選ぶ時間を挟み、貝沢は口を開いた。

「一週間ほど前、息子と喧嘩《けんか》しました」

隣ではっと顔を上げる気配がする。

「喧嘩ですか」

細められた松丸の目の奥が、ぎらりと光ったような気がした。

「はい。中学の吹奏楽部をなんの相談もなく退部してきたので、理由を問い詰めたんです。息子がなにも話してくれなかったので、声を荒らげてしまいました」

「でもあれは――」

妻の言葉を視線で封じ、貝沢は松丸を見上げた。

「お父さまは、高校で吹奏楽部を指導していらっしゃるそうですね」

「ええ。見山高校の吹奏楽部で顧問をしています」

「息子さんは中学の吹奏楽部……親子鷹《おやこだか》ですか」

嫌がる息子に吹奏楽を強制していたのではないかという、含みの感じられる口調だった。そんなつもりはない。しかし息子は、はたしてどう感じていたのだろう。いまとなっては知りようがないし、信頼関係が存在したのかも自信がない。

「知らないうちに、息子にプレッシャーを与えていたのかもしれません。私のせいです」

「そんなことない」と、妻が会話に加わってきた。

「大輝に楽器をやるよう強制したことなんてないし、部活を辞めたのだって、辞めたことを責めたのではなくて、理由を問いただしただけじゃない」

「こっちがそういうつもりでも、大輝がどう受け取っていたかはわからない」

強い口調で言って、貝沢は視線を落とす。

「父親が吹奏楽部の顧問をしていて、朝練や居残りで家を空けることも多く、たまに帰ってきても部活の話ばかりしている。強制はしなくても、そういう空気を作ってしまった可能性はある。大輝が楽器を手にしたのは、本当に吹奏楽をやりたかったのではなく、父親であるおれを振り向かせるためだったのかもしれない」

しかし父は振り向かなかった。だから吹奏楽部を辞めたのに、両親はそれを責めた。愛情が自分に向けられていないと感じた可能性はある。

「そんな……」

妻は愕然《がくぜん》とした様子だった。

貝沢だって、そんなことを考えたくはない。だが現実に、息子は自ら生命を絶った。その原因に親である自分たちが無関係だと、最初から決めつけるのは、親の傲慢《ごうまん》だと思った。

貝沢は松丸を見た。

「本来なら妻と一緒に、全国大会を観に来る予定だったんです」

「大輝さんが、ですか」

松丸が訊き返す。

「はい。航空券を取って、ホテルも予約してありました。それなのに大輝が突然、吹奏楽部を辞めた、全国大会にも行かないと言い出したので、私にも必要以上に感情的になってしまった部分があります」

あんなに大きな声で叱る必要はなかった。感情を露《あら》わにしてしまったのは、吹奏楽部を辞めた理由を話してほしいという以上に、二人ぶんの航空券代と宿泊費が無駄になる怒りがあったのではないか。

そのせいで、大輝は――。

若い刑事がペンを動かす手を止め、ベテラン刑事をちらりと見る。

松丸は軽く頷き、こちらに顔を向けた。

「ありがとうございます。よくわかりました」

妻が顔を覆って嗚咽した。

第二章

1

「うわ、すごーい。めっちゃ平たい。ねえ、音喜多さん、見てくださいよ」

鳴海が車窓に両手をつき、感嘆の声を上げる。

たしかにどこまでも続く平原の広大さは、本州ではなかなかお目にかかれるものではない。雄大と表現するのがぴったりなスケール感に、北海道に来たと実感させられる。音喜多にも、昂揚している自覚はあった。

とはいえ立場というものがある。相棒と一緒にはしゃぐわけにはいかない。

音喜多は視線を隠すように、山高帽を深くかぶり直した。

「観光じゃないんだぞ」

「わかってます」

鳴海は車窓から目を離し、スマートフォンをいじり始めた。

「北海道といえば、やっぱり海産物ですよね。できれば味噌《みそ》ラーメンも食べたいけど……あ、夜パフェっていう独特な文化もあるらしいですね。音喜多さん、知ってますか？　気になっていたんで、一度行ってみたかったんです」

「何度も言うが、観光じゃないぞ」

「わかってます。ジンギスカンも食べたいですよね」

ぜったいわかってない。

二人は新千歳《しんちとせ》空港からＪＲで苫小牧に向かっていた。目的地である北海道見山高校の最寄り駅まで三十分ほど。そこからタクシーで学校に向かう予定だった。

「しかし、どうなんだろうな」音喜多は腕組みをした。「殺された古溝と宮城は同じ高校の出身だった。とはいえ、年齢は三つ違う。古溝のほうが三つ下だ。ってことは、在学期間は重なっていない」

直属の上司である班長の小野《おの》に直訴《じきそ》して、ほぼ強引に決めた北海道出張だった。手ぶらで帰るわけにはいかない。広大な原野と広い空を眺めながら、むくむくと不安が湧き上がってくる。

「かははっへはふてほ」

「なにを言ってる。っていうか、口にものを入れたまましゃべるなって、小さいころ叱られなかったか」

鳴海の頬を膨らませているのは、空港の売店で購入したメロンバター飴《あめ》だった。羽田《はねだ》から到着するなり、せっかく北海道に来たのだから空港のレストランで豚丼を食べたいと言い出したので、これで我慢しろと買い与えたものだった。

もごもごと口を動かしていた鳴海が、やがて生唾《なまつば》を飲み込むような動きを見せた。飴を飲み込んだらしい。

「重なっていなくても、宮城が吹奏楽部ＯＢとして指導していた可能性はあります」

「宮城は吹奏楽部だったのか」

「だと思います」と、鳴海が唇を曲げた。

「聴く専門の人もいないわけじゃありませんが、専門誌まで買う人は、だいたい吹部上がりの経験者じゃないかな」

「あの雑誌か」

「ええ。『ブラスファン』。経験者以外は、たぶん存在すら知らないと思います」

音喜多も知らなかった。世の中にはいろんな専門誌が存在するものだと感心した。

「あの雑誌には、古溝のインタビューが掲載されていた。古溝目当てに購入しただけで、愛読者だったとは限らない」

インタビュー記事を読んでみると、古溝が自らの音楽人生を振り返る内容だった。中学入学を機に、友人から誘われて吹奏楽部に入り、存在すら知らなかったコルネットを担当することになったという楽器との出会いから、大学の軽音楽部で管弦楽器をフィーチャーしたスカという音楽ジャンルを知り、アルバイト生活の下積みを経てデビューするまでが語られていた。

現役吹奏楽部員に向けての励ましの言葉で締め括《くく》られていたので、たしかに雑誌自体が吹奏楽部経験者を読者として想定している印象を受けた。

顎に人差し指をあてて考えていた鳴海が、やがて口を開く。

「細かいことはどうでもいいじゃないですか」

「よくない」

「宮城と古溝の関係については、調べればわかることです」

それは間違っていない。調べる前からあれこれ気を揉んだところで意味がない。

とはいえ。

熱心にスマートフォンに見入る鳴海の手もとを見ると、液晶画面に表示されているのは『北海道ご当地グルメランキング』というサイトだった。

――そこまで言うからには、北海道に、事件解決につながる重要な事実が隠されている確信は、あるんだろうな。

――あります。

――手ぶらで帰ってきたら許さないぞ。

――任せてください。

上司との会話を思い出し、頭を抱えた。誰のために大見得を切ったと思っているんだ。気を揉んだところで無意味だが、気を揉まずにいられない。

ふいに、目の前にオレンジ色の袋が差し出された。鳴海が口を開いたメロンバター飴の袋を、こちらに向けている。

「一個、食べます？」

「いらない」

「よかった。自分で食べるぶんが一個減るところだった」

なら人にやろうとするな。

やがて列車は見山高校の最寄り駅に到着した。

2

見山高校までは、最寄り駅からタクシーで三十分ほどかかった。コンクリート造りの三階建てで、正面玄関の上には大きな設備時計が取り付けてある。時計の針が三時五十五分をしているのを確認し、音喜多は安堵した。午後三時十分まで授業なので、訪問は午後四時ごろにして欲しいと伝えられていたのだ。

帰宅する生徒の波と逆行するかたちで校舎に入り、案内板で場所を確認して職員室を目指した。

職員室で最初に刑事たちに応対したのは、後ろでまとめた髪にわずかに白いものが交じった、やや神経質そうな印象の女性教師だった。室田《むろた》という名前で、この学校の教頭をしているらしい。

室田は二人を、職員室の隣の応接室に招き入れた。ローテーブルを挟んで向かい合うソファの片側に刑事たちを座らせ、しばらくお待ちくださいと告げて部屋を出て行く。

「不思議だよな。初めて来る場所なのに、高校ってだけでなんか懐かしくなる」

音喜多は部屋の中を見回した。壁にかけられた『克己《こっき》』という毛筆の額縁など、いかにもという感じだ。

「違ったか」

音喜多は鳴海に言った。さっきから鳴海が周囲を気にしている様子だったので、てっきり懐かしさに浸っているのかと思ったが。

「なにがですか」

鳴海はいま気づいた、という感じにこちらを向いた。

聞いてなかったのかよ。

内心でげんなりしながら、先ほどの発言を繰り返した。

「高校ってどこも同じような雰囲気だから、初めて来る場所なのになんか懐かしいよなって言ったんだ」

「私はミッション系の私立でしたから、懐かしくは感じませんけど」

こっちも気を遣って振ったんだから、少しは話を合わせろよ。

「ならなんだ。さっきから上の空じゃないか」

「音を聴いていたんです」

「音？」

鳴海は人差し指を立てた。

「ブラバンの音」

耳を澄ませてみる。たしかにうっすらと聞こえる。

「ああ、この音か。これも懐かしいな」

鳴海が不思議そうに首をかしげた。

「もちろん、おれは吹奏楽部じゃない。でも野球部がグラウンドで練習してるとき、校舎からよくブラバンの演奏が聞こえてきたよ。練習のときのＢＧＭだった」

「音喜多さん、野球部だったんですか」

「ああ。サードだった」

「サードって、打つ人ですか」

鳴海が見えないバットを振る。

「野球のこと、ぜんぜん知らないのか」

「よくわかりましたね」

褒められても嬉しくない。サードは守備位置のことで、攻撃になれば当然打つ人だ。というか、スターティングメンバーであれば全員が打つ人だ。

そのとき、引き戸が開いて室田教頭が戻ってきた。短髪で四角い顔の男を伴っている。

二人の刑事は立ち上がった。

「遠藤先生です。宮城さんについて話が聴きたいということだったので、お連れしました」

「はじめまして。当校で社会科教師をしている遠藤満です」

遠藤と名乗る男が、緊張気味に頭を下げる。

「遠藤先生は、宮城さんの同級生です」

「そうでしたか」

アポイントを取る際、かつてこの高校に在籍した宮城和雄という人物について話を聞きたいと伝えていた。

遠藤から機械仕掛けのような頷きが返ってくる。

「はい。二年と三年のときにクラスも一緒でしたし、吹奏楽部でも一緒でした」

音喜多は鳴海と互いの顔を見合った。

「宮城……さん、は吹奏楽部だったんですか」

「ええ。私がパーカスで、彼はコルネットでした」

つながった。先ほどまでの不安はどこへやら、興奮で全身が熱くなる。

「ということは、全国大会に？」

鳴海の質問に、遠藤が虚を衝《つ》かれたような顔をする。

「よくご存じですね。はい。我が校吹奏楽部の歴史において唯一、全国大会に出場した代でした。当時は名古屋《なごや》センチュリーホールではなくて」

「普門館《ふもんかん》ですよね。杉並《すぎなみ》の」

遠藤の顔に喜色が広がる。女性刑事が知識豊富なのは、仕事で調べているのではなく、もともと吹奏楽に詳しいからだと判断したのだろう。

「刑事さんも吹部だったんですか」

「いいえ。学校の吹奏楽部に所属したことはないです」

「彼女は大学で声楽を学んでいたんです」

音喜多の説明に、遠藤は驚愕《きょうがく》を浮かべた。

「本当ですか。それなら高校の吹奏楽部どころじゃありませんね。本物の専門家じゃないですか」

「そうですね」

　少しは謙遜《けんそん》しろ。

「音大を出て、警察官に？」

　遠藤が興味津々で質問する。

「音楽隊として採用されました」

「そうか。警察も音楽隊持ってますね」

　音楽隊採用が八年も現場にいるどころか、犯罪捜査の最前線で刑事をやっているのは異例中の異例なのだが、一般市民にはわからないか。

「立ち話もなんですから」と教頭に促され、四人は着席した。あらためて自己紹介をした後で、遠藤が声を落とす。

「宮城のやつ、またなにかしたんですか」

「また、と申されますと？」

　音喜多はとぼけてみせた。

「あいつ、札幌でヤクザになったと聞きました。暴力沙汰で逮捕されたって」

「宮城さんと連絡を取り合っては……」

「いいえ。噂《うわさ》に聞いただけです」

　そうだろう。宮城はすでに暴力団員ではない。かなり情報が古い。

「最後に宮城さんと連絡を取られたのは？」

「私自身、彼と連絡を取り合ったことはありません。同じクラスで同じ部活であっても、とくに親しかったわけではないので。高校卒業以来会っていないし、その後の彼については、友人を通じて噂を聞く程度でした」

「高校卒業後の宮城さんの進路は、わかりますか」

「はっきり覚えていませんが、大学受験はしていないように思います。うちの高校は、いちおう進学校として名が通っているので、そういう生徒は珍しいんです。高校時代に受験の話をしたとき、自分の家は貧しいから大学に行く余裕がないと言われて驚いたのは、なんとなく覚えています。大学に行かないのではなく、行けないという人もいるのだな、と」

「卒業後の宮城さんを知る方はいらっしゃいませんか」

「どうだろう。私には、ちょっと……」

　かぶりを振った遠藤が、ふいに思いついたように提案した。

「元吹部のメンバーに、声をかけてみましょうか。卒業から二十年も経っているし、連絡が取れる人間は少ないかもしれませんが、地元に残っている者も何人かいますので」

「助かります。ぜひお願いできますか」

「わかりました」

「あとは、古溝裕樹さんという方も、こちらの学校出身だとうかがいました」

「古溝くんならよく覚えています。私が担任でした」

　室田が口を開いた。

「そうでしたか」

「本当に明るくて良い子でした。いつも先生、先生、って声をかけてくれて、文化祭や体育祭ではリーダーシップを発揮して、みんなを引っ張ってくれていました」

「古溝くんって、コルネットのあの子ですか」

　遠藤も面識があるらしい。

「そう。ちょうど遠藤くんたちが卒業した後で、入れ替わりに入学してきた」

「覚えています。大学の夏休みに、吹部の指導をしたときに会いました。明るくて良い子でした」

「あの子、プロのミュージシャンになったの」

「そうだったんですか」

　そこまでの腕前ではなかったのではとでも言いたげな、遠藤の微妙な反応だった。

「ツーなんとかっていうロックバンドで、けっこう人気があるんですって自慢してたわ」

「ロックバンドで、ですか」

「教頭先生は、卒業後も古溝さんと交流があったのですか」

音喜多が言うと、教頭は小さく肩をすくめた。

「頻繁にではありませんが。CDを送ってくれて、そのお礼をしようと思って電話しました。それが五年……くらい前のことです。直接会ったのは、あの子が大学生のときが最後です。夏休みに学校に遊びに来てくれました。まだ頑張ってるのかしら」

この口ぶりだと、教え子の死をまだ知らないようだ。

「彼がどうしたのですか」

あらためて、なぜ古溝の名前が出たのか疑問に思ったらしい。

「亡くなりました」

音喜多は神妙に告げると、束の間、沈黙が訪れる。

「亡くなったって、原因は？」

沈黙を破ったのは遠藤だった。

音喜多は二人の教師の顔を交互に見る。

「マンションの屋上から転落して、全身を強く打ったのが原因です。我々は古溝さんが、何者かによって故意に転落させられたと考えています」

「殺されたってことですか」

自分の口を手で覆う室田は、わずかに瞳を潤ませている。

「まさか、警察は宮城が古溝くんを殺したと？」

遠藤が質問をぶつけてくる。

「まだそう決まったわけではありません。ですが、宮城さんがなんらかのかたちで事件に関係していると考えています」

応接室の空気が重たくなった。

やがて教頭が口を開く。

「宮城くんも古溝くんもうちの高校出身です。ですが、在学期間は重なっていません」

「そうです」と、遠藤も同意する。

「私は卒業後も吹部に出入りしていたので、古溝くんのことを知っています。でも宮城はおそらく高校卒業以来、この学校を訪ねることもなかった。二人に面識はなかったはずです」

「たとえば、高校以前につながりがあった可能性は？　自宅同士が近所で、幼馴染みだったとか」

「どうだっけな」と、遠藤が頭を抱える。

「卒業アルバムに住所が載っているから、それで確認したらどうかしら」

教頭の提案に、「それだ」と遠藤が膝を打った。

「二十年前の卒業アルバムなら、図書室の閉架の書庫に保管されているはず」

「わかりました。アルバムを取ってきますので、少しお待ちいただいてもいいですか」

「すみません。お手数をおかけします」

頭を下げる音喜多の横で、「それなら」と鳴海が手を上げた。

「アルバムが見つかるまで、校内を見せていただいてもかまいませんか」

「ええ、でも……」

そんなことをしてなんの意味があるのかと言いたげな、室田の戸惑《とまど》った表情だった。

「吹奏楽部の練習を見学したいんです」

「そういうことなら」

遠藤は納得したようだ。

「音楽室までご案内しましょうか」

教頭が自分の胸に手をあてる。

「それには及びません。音楽室の場所は確認済みですから」

二人の教師は狐《きつね》につままれたような顔をした。

3

鳴海は本当に音楽室の場所を把握しているようだった。

迷いのない足取りで階段をのぼり、『音楽室』のプレートのかけられた部屋に向かう。

廊下から窓ガラス越しに音楽室を覗き込んだ。

吸音のための孔《あな》が開いた壁と、壁に並ぶ有名音楽家の肖像画。

椅子と机を部屋の片側に寄せて作った空間で、詰《つ》め襟《えり》の男子生徒と、紺色のブレザーにスカートを穿《は》いた女子生徒たちが、各々の担当楽器を手にしている。全部で三十人ほどだ。

生徒たちの視線の先では、眼鏡をかけた女子生徒が指揮棒を振っている。

「さすがに生だと迫力があるな」

音圧で窓がびりびりと振動し、足もとから低音が伝わってくる。

鳴海は真剣な表情で生徒たちの演奏を見つめていた。

「どうだ。久々に全国大会の切符をつかめそうか」

「無理です」

即答だった。

「演奏に一体感がないし、管楽器のロングトーンが安定していません。おそらく高校に入って初めて楽器を手にしたような下級生も交じっているので技量がバラバラなのは仕方ありませんが、上手い子が下手《へた》な子をリードしているというより、足手まといに感じて置き去りにしているような印象を受けます。基礎練習が足りていないだけでなく、全員でひとかたまりのアンサンブルを構成するための意識から変えていく必要があると思います」

「手厳しいな」

　普段の鳴海からは想像できない、論理的な指摘だった。わかっていたことだが、やはり彼女の専門は音楽なのだ。

「でも、おっしゃる通りです」

　ぎくりとした。振り返ると、遠藤が二冊のアルバムを脇に抱えて立っていた。

「フェスティバル・ヴァリエーション」

「さすがお詳しい。実は二十年前、当校の吹奏楽部が全国大会に出場したときの自由曲です。きみたちだってやればできるんだという思いをこめて、この曲を選びました」

　鳴海が口にした横文字は、どうやらいまブラスバンドが演奏している曲名のようだ。印象的なテーマが何度も繰り返される構成で、音喜多には『祭り』というより『戦い』という印象を受けた。学生のころの野球部時代に戻れるなら、大事な試合で自分の打席のときにこの曲で応援されたら、ヒットを打てそうな気がする。

「曲の難易度に、演奏者のレベルが追いついていませんね」

「こら、鳴海」

いくら専門分野といっても、相手は高校生だ。もう少し手心を加えてもいいだろうに。

遠藤は「いいんです」と軽く手を上げた。「音大出の方から率直な感想を聞けるのはありがたいです。鳴海さんのおっしゃることはまったく正しい。自分でも、この子たちには少しハードルが高すぎたかもしれないと、考え始めていたところです。念願の母校吹奏楽部を指導できることになって、私一人張り切りすぎたかもしれません」

「以前から遠藤さんが指導されていたわけでは？」

音喜多の質問に、遠藤はかぶりを振った。

「いいえ。私がこの学校に赴任したのは、今年の春からです。ですから半年ちょっとですね。それまでは楽譜すらまともに読めない、元ラガーマンの先生が顧問をつとめていらっしゃいました」

なるほど。そういうことか。

遠藤が教え子たちを見ながら目を細める。

「母校に赴任して、あの子たちの演奏を聴いたときには愕然としました。私の手で母校を二度目の全国に導いてやろうと張り切っていたのに、いざ演奏を耳にすると、自分の認識がいかに甘かったか痛感させられました。実際、最初の挨拶で全国大会を目標にしようって部員たちに話したら、笑いが起こったぐらいです。赴任して三か月後に吹奏楽コンクールの地区大会があったのですが、銀賞という結果に終わりまして、先は長いなと」

「前途多難ですね」

鳴海が同情する意味がわからない。

「銀賞って、あと一歩じゃないのか。二番目ってことだろう」

音喜多は残る二人の顔を見た。

「違います。吹奏楽コンクールでは、金賞だけでもたくさん出るので、銀賞は二番目に評価が高かったという意味ではありません。加えて、地区大会、支部大会、全国大会と勝ち進んでいく過程で代表の枠は決まっているので、金賞を獲《と》っても代表に選ばれるわけではないんです」

「いわゆるダメ金ですね」

鳴海の言葉に遠藤が頷く。

「金賞がいくつも出て、その中から代表が選ばれる。だからスポーツのトーナメントでいうと、銀賞というのは二回戦とか三回戦敗退ぐらいの感覚です」

地区大会二回戦敗退と聞くと、甲子園出場はたしかに遠い道のりだ。

「不思議ですよね。吹奏楽コンクール独特の文化だと思います。とにかく地区大会銀賞という結果を受けて、ほれ見たことかという態度の生徒もいました。全国大会出場という目標が、冗談になってしまうレベルだったんです」

「その話を聞くと、これでも頑張ったのかもしれないと思えますね」

ずいぶん上から目線に感じる鳴海の発言だが、遠藤は不愉快そうな表情一つ見せない。「ありがとうございます」とむしろ喜んでいる。遠藤にとって、鳴海は本当に雲の上の存在なのかもしれない。

「まだまだ未熟ですが、なんとかやる気を起こさせようと私なりに頑張ってきました。先週の全国大会の映像も、みんなで見ました。生徒たちも一生懸命、期待に応えようとしてくれています。曲に向き合う姿勢が、少しずつ変わってきたと思います」

「あの子は？」

鳴海が生徒のほうに顎をしゃくる。

「あの子？」

遠藤は鳴海の視線を辿ろうとした。

「フルートの子」

「ああ。二年生の澤山《さわやま》ですね。澤山和音《かずね》。彼女がどうかしましたか」

音喜多も二人の背後から、音楽室を覗いてみる。指揮者から見て左手前方で、横向きに笛をかまえているのが、きっとそうだろう。ボブカットで色白の、どことなく凜《りん》とした空気をまとった少女だった。たんに伏し目がちなせいかもしれないが、音喜多の目にはフルートを吹く姿がやけに寂しげに映る。

「彼女、いいですね」

「そうですか」

遠藤は意外そうだった。

「ただ……」

「ただ、なんですか」

「いいえ。なんでもありません」

鳴海にはぐらかされ、遠藤は少し残念そうだった。

「そういえば、そちらが？」

音喜多は遠藤が脇に抱えたアルバムを目で示した。

「すみません。お忙しいのについ話に夢中になってしまって」

遠藤が二冊のアルバムを差し出してきた。

「こっちが、宮城が卒業した年のアルバム。こっちが、古溝くんが卒業した年のアルバムです」

「拝見しても？」

「もちろんです。そのためにお持ちしましたから」

音喜多はまず、宮城が卒業した年のアルバムを開いた。最初のページに校舎の屋上から撮影したと思われる、学年全員の集合写真が見開きで掲載されていて、次のページから各クラスの集合写真と、各人のバストアップ写真が並んでいる。バストアップ写真の中には、わざと歪めた変な顔でポーズを決めたり、薔薇《ばら》の花の造花《ぞうか》を横向きに咥えたりして映っている者もいる。どこの学校にもこういう生徒はいるものだなと、微笑ましくなった。

「私と宮城は四組でした」

遠藤が言う三年四組のページを開いた。

宮城和雄がいた。使い慣れないワックスで懸命にセットしたように、あちこち不自然に撥《は》ねた髪形。少しやんちゃな印象はあるものの、同時に照れくさそうな笑顔の作り方にナイーブさも垣間見《かいまみ》え、のちに暴力団員になる片鱗《へんりん》はまったくうかがえない。同じページには若き日の遠藤の写真も載っていて、こちらは現在の遠藤をそのまま若くしたような印象だった。躓《つまず》くことなく順調に成長し、年齢を重ねたようだ。

「アルバムの後ろのほうに全員の住所が載っているので、宮城と古溝くんの住所を調べました。宮城の住所だと栄町《さかえまち》中学出身で、古溝くんの住所なら桜木《さくらぎ》中学に通っていたはずなので、中学での接点はありません。お互いの住所も三、四キロは離れているので、普段の行動範囲がかぶっていることも、ないと思うんですが」

「わざわざありがとうございます」

音喜多は礼を言い、アルバムに視線を戻した。

ページをめくっていくと、部活動を紹介するコーナーがあった。吹奏楽部を探すと、五ページ目に見つかった。

一ページの上半分に、下級生も含めた部員全員の集合写真が配置され、下半分に活動実績が肉筆で記載されている。活動実績として燦然《さんぜん》と輝くのが、やはり吹奏楽部創設以来初の全国大会出場だ。ただ全国の舞台で結果を残すところまでは至らなかったらしく、銅賞に終わった無念が、小山佳子という部長の署名入りで綴《つづ》られていた。

――後輩諸君、貝沢先生を信じてついていけば、きっと結果は出ます。来年こそは目指せ！　ゴールド金賞！

几《き》帳面《ちょうめん》そうな肉筆は、そう締め括られていた。だが彼女の祈りが通じることはなく、その後二十年もの間、見山高校吹奏楽部は全国大会から遠ざかることになった。

「こちらが貝沢先生ですか」

音喜多は集合写真の向かって左端に立つ、中年の男を指さした。髪の毛はセットしておらず、ねずみ色のジャケットは袖丈が短すぎて、うだつの上がらなそうな印象だが、大きな鼻と下がり眉が柔和そうで、いかにも人に好かれそうだ。

「そうです。貝沢先生は元早葉《そうよう》大付属の吹部で全国大会に三年連続出場されていて、うちの吹部を強くしようと何年も頑張っていらっしゃいました。その念願叶って初の全国の舞台を踏んだのが、私たちの代だったんです」

遠藤の口調からは、隠しきれない誇らしさが滲《にじ》んでいる。

「指導者って、やっぱり大事なんですね」

音喜多の呟きに、鳴海が反応した。

「精神的に未熟な年齢だと、そもそも練習を継続することすら難しいですから。でもひとたび集中してしまえば、その集中力は大人なんて比じゃありません。子どもはスポンジです。生徒のやる気を上手く引き出して導いてくれる指導者がいれば、見違えるようになります」

「仰《おっしゃ》るとおり、子どもはスポンジです。指導する大人次第でいかようにも転びます。だからこそ、指導する大人の責任は大きい」

遠藤がうんうんと頷いている。

と、ふいに疑問が浮かんだ。

「そんなにすぐれた指導者がいたのに、全国大会に出たのが一度きりなのか」

言い終えてから、失言したかもしれないと思った。遠藤の表情が曇《くも》ったのだ。

しかしそれには、別の理由があったようだ。遠藤が悄然《しょうぜん》とした息を吐く。

「そうなんですよね。本来なら、私たちの代を皮切りに、全国大会の常連になるはずだったんです。先生が顧問を続けていられれば、間違いなくそうなったと思います」

「顧問の先生が辞められたんですか」

「あれは私たちの代が全国大会に出場した年の暮れでした。貝沢先生が休職されたんです。

胃がんでした。以来、先生は私たちが卒業するまで復職されることはなく、翌年に亡くなられました」

「そうだったんですね」

「ええ。病気のことはそれ以前からわかっていたのに、大会を控えた生徒たちに余計な心配はかけたくないからと、闘病を周囲に隠しておられたんです」

　遠藤が気持ちを切り替えるように、笑顔をこしらえた。

「ですから、先生の遺志を継いで母校の吹奏楽部を全国大会にふたたび導くというのが、私の長年の夢でした。今年、ようやく夢の入り口に立てました。先はまだまだ長いけど、いつか必ず、全国の舞台に戻ってみせます」

　音喜多はガラス越しにブラスバンドを見つめた。

　大勢の生徒が、力を合わせて一つの曲を演奏している。若さ、真剣さ、ひたむきさが、眩《まぶ》しいほどだ。

　あの中に、かつて宮城もいたのか。

4

　見山高校を後にした二人は、卒業アルバムに記載されていた宮城の住所を訪ねてみることにした。

　学校から二十分ほど歩くと、真新しい住宅が目につき始める。嫌な予感は的中して、卒業アルバムの住所には、宮城とは異なる姓の表札を掲げた一戸建てが建っていた。念のためにインターフォンを鳴らして住民に確認してみたが、数か月前に入居してきたばかりで、前にこの場所に住んでいた家族のことは知らないという。

　周囲を歩き回ってみたが、一体的に開発された住宅地らしく、古くからの住民が住んでいそうな建物が見当たらない。

　ついには鳴海が道端《みちばた》にへたり込んでしまった。

「みっともないぞ。子どもじゃないんだから」

「でもお腹が空いて力が出ないんです」

　いつも思うが、少年漫画の主人公か。

「ちょうどあそこにコンビニが……」

「わかったよ。行くぞ」

　すると鳴海はジャンプして立ち上がり、勢いよく歩き出した。

　ほとんど競歩に近い足取りで音喜多を置き去りにして、店に入っていく。

　追いついた音喜多が店に入ったときには、すでに買い物カゴに食料がいくつも入っていた。

「おまえ、そんなに食べられ……」

食べられないこともないか。

「違いますよ、二人ぶんです。音喜多さんのぶんも買ってあげてるんです」

恩着せがましい口ぶりだが、こちらに選択権を与える気遣いはないようだ。

「これ、知ってますか」

鳴海が買い物カゴから商品を取り出した。プラ容器に入ったソフトクリームで、クリームの部分がオレンジ色だ。

「いいや。知らない」

そもそもコンビニのアイスなんて、買って食べること自体ない。

「北海道メロンアイス。北海道で展開しているローカルコンビニ・セイコーマート限定の商品なんです。ネットで見つけて、ぜったいに食べようと決めてました。イートインコーナーもあるので、一緒に食べましょう」

コンビニにしては広々とした店内の一角には、ファストフード店のようなイートインコーナーが設けてある。

こいつ、セイコーマートに入りたいがために急にぐずりだしたんじゃ……。

頭に血がのぼりかけたが、懸命に呼吸を整えて気持ちを鎮める。相手は鳴海桜子だ。

鳴海が買い物カゴをレジに持っていく。

赤とオレンジの制服を着た店員は、白髪《しらが》の中年女性だった。会話を聞いていたのだろう。商品をスキャンしながら「どちらからいらしたんですか」と話しかけてくる。

「東京です」

鳴海は笑顔で応じた。

「あら、東京。こっちには観光で？」

「はい」

違うだろ、と心の内で突っ込んだが、買い物しながらの世間話でバカ正直にすべてを話す必要もないか。

「観光っていっても、このあたりにはなにもないでしょう」

「観光っていうか、実は人捜しをしてるんです」

「人捜し？」

店員がスキャンする手の動きを止め、興味深そうに顔を上げた。

「はい。宮城さんという方を探してます。そこに住んでいたはずなんですけど」

鳴海が指をさしながら、そこを入ってあっちに進んでと、宮城宅があったはずの場所を説明する。

「宮城さんって、宮城芙美子《ふみこ》さん？」

「下の名前までは存じ上げないんですが、和雄さんという息子さんがいました」

「宮城芙美子さんだ。間違いない」

「ご存じですか」

いまの聞きましたかという感じに、鳴海が振り返る。

「ご近所さんだったからね。でも、芙美子さん、だいぶ前に亡くなっちゃったよ」

店員が気遣わしげな上目遣いになった。

「そうだったんですか」

「うん。もう何年前かな……十年、いや、もっと経つよ。かなり昔のことだね」

「芙美子さんに、旦那《だんな》さんは……？」

「もともといない。いたのかもしれないけど、すぐ別れたんだと思う。私が知り合ったときには、一人で和雄くんを育てていた」

「もっと詳しく話を聞かせてもらえますか」

鳴海は警察手帳を取り出し、身分を明かした。店員が目を丸くする。

「かまわないけど……」

「アイス溶けちゃうし、そこのイートインコーナーに行きませんか？」

警察官らしからぬその提案に、店員はさらに目を丸くした。

店員は井筒《いづつ》という名前だった。このコンビニの経営者でもあり、もともとこの地でタバコ店を営んでいたが、コンビニに鞍替《くらが》えしたのだという。

「さっきの話の続きですけど」

鳴海がメロンソフトを舐《な》めながら話を切り出した。事情聴取としては失礼極まりない態度だが、それでも相手に不快感を与えないのは一種の才能といえるかもしれない。

「そっちの刑事さんも、早く食べないと溶けちゃうわよ」

井筒のほうから、メロンソフトを差し出してきた。こうなってはかたくなに拒否もできない。音喜多はプラカップを外し、メロンソフトを舐めた。

「美味《うま》いな」

「でしょう」

鳴海がにやりと目を細める。

「なんでおまえが得意げなんだ」

「私が事前に調べて、お腹が空いたという口実でこのお店に入ろうと言い出さなければ、音喜多さんはこの味に出会えなかったからです」

いま犯行を自供しなかったか？

「そうそう。宮城さんとこの話だったね」

井筒が話し始めたことで、疑惑はうやむやになった。

「かなり前に亡くなったとおっしゃいましたが」

メロンソフトを舐めながら、鳴海が声だけ真剣になる。

「もともと身体が弱かったからね。最後は入院したり退院したりを繰り返していたよ。たぶんまだ、五十歳にもなっていなかったんじゃないかな。かわいそうにね」

四十代で亡くなったということは、二十歳前後で出産したと考えても、息子の宮城はまだ二十代だ。芙美子が死亡してから、つまり宮城が天涯孤独の身になってから、相当な時間が経過している。

「さっき和雄さんにはお父さんがいなかったって、言ってたよね。あれってどういうこと？」

鳴海はいつの間にかタメ口になっていた。

「はっきり聞いたわけじゃないけど、芙美子さんは悪い男に捕まったみたい。ほかに女作っていなくなったとかなんとか」

「じゃあ、母子家庭だったんだ」

「そう。だからきっと大変だったと思う。和雄くんが学校を辞めようとしたこともあったしね」

「見山高校をですか」

音喜多は身を乗り出し、井筒が頷く。

「道でばったり会ったときに、お母さんのために頑張って勉強しなよって言ったら、おれもう学校辞めるからいいんだーって言っててね。でももったいないじゃない。見山高校っていったら、ここいらでもそれなりの進学校だから、入るのだって簡単じゃないのに。でも和雄くんは、どうせお金がないから大学も行けないし、勉強はもともと好きじゃなかったからいい、なんて言うわけ」

「でも和雄さんは高校を卒業しています」

音喜多の指摘に、井筒は唇を曲げた。

「気が変わったというか、もっと頑張ってみようって思い直したみたい」

「おばちゃんが説得したの」

馴《な》れ馴《な》れしい口調にひやりとするが、井筒は笑顔で手を振った。

「まさか。他人さまの家の事情にそこまで首突っ込めない。和雄くんだって勉強が好きじゃないって言うけど、本当は親に負担かけたくないんだろうってわかっていたから」

健気《けなげ》よねと、井筒が切なげな息を吐く。

「それなら、なんで？」

メロンソフトを食べ終えた鳴海が、おにぎりのビニールを剝《は》がしながら訊いた。

「先生」と、井筒は言った。

「担任の先生ですか」と音喜多。

「違う。部活の顧問って言ってた」

「部活って吹奏楽部？」

鳴海はおにぎりを頬張っている。

「そう。あの子、ブラスバンドで全国大会に行ったでしょ。あれはたぶん、お母さんも嬉しかったと思うなあ。一度は学校を辞めようとまでした息子が、晴れ舞台に立って。あれは本当に、いい親孝行になったと思う」

しんみりと噛みしめるような口調だった。

「部活の顧問の先生が、和雄さんに退学を思いとどまらせたんですか」

「だと思う。和雄くんが悩んでいる時期には、よく家に訪ねてきていたもの。近所で見かけたわよ。一度話したこともある。そのとき、やりたいことがはっきりしているならともかく、経済的な理由で学ぶ機会が奪われるのはよくないし、きっと後悔することになるから、なんとか辞めないで済む方法を模索したいって言っていて、いい先生だなと思ったわよ」

卒業アルバムで柔和な笑みを浮かべていた、貝沢という教師か。袖丈の短いねずみ色のジャケットを着たうだつの上がらなそうなあの教師のことを、現吹奏楽部顧問の遠藤もずいぶん慕っているようだった。

「高校を卒業した後の和雄さんとは？」

結果的に宮城は、病弱な母を残して札幌に出て、暴力団の一員になっている。井筒の話す母想いで責任感の強い少年像とは、結びつかない。

「芙美子さんが亡くなるまでは、よく帰ってきていたわよ。帰ってくるたびにうちにも札幌土産《みやげ》を持ってきてくれてね。自分は忙しくてついてやれないから、おばちゃん、おふくろのことをよろしくなって。本当によかったよね、高校辞めなくて。札幌で立派に成功したんだもの」

　思わず鳴海と顔を見合わせた。

「和雄さんが札幌でなにをしているか、ご存じですか」

「いまは知らないわよ。最後に会ったのも芙美子さんの七回忌ぐらいだったと思うし。いまどこでなにをしているのかはわからない」

「当時はなにを？」

「不動産業でしょう。高そうなスーツ着て帰ってきたときには、最初誰かわからなかったもん。本当によく頑張ったよねえ」

　感慨深そうな顔をする井筒には、とても本当のことを伝えられなかった。

　しばらく話を聞いてからコンビニを出た。

　店に入る前より風が冷たくなった気がする。

　鈍色《にびいろ》の空を見上げながら、音喜多は山高帽をかぶり直した。

「貧しい家庭に育った宮城は、病弱な母親のためにも、手っ取り早く金が必要だった」

裏社会に足を踏み入れたのも、そういう理由からだろう。大学に進学する経済的余裕もないし、かりに進学できたとしてもすぐに金が入るわけではない。母親の先が長くないのも、わかっていたかもしれない。

母親は息子がなにをして金を稼いでいたか、気づいていただろうか。息子から打ち明けることはしなかっただろうが、薄々勘づいていたかもしれない。

「貝沢先生は、宮城にとってかなり大きな存在みたいですね」

隣を並んで歩きながら、鳴海が言う。

「吹奏楽部の顧問か。たんに部活の指導に熱心だったわけではなく、生活指導にも力を入れていたみたいだな」

「存命なら宮城がいろいろ相談していた可能性があるので、ぜひ話を聞きに行きたいところですが」

鳴海が無念そうな顔になる。

熱心な教師のおかげで高校を辞めずに済み、吹奏楽の全国大会という晴れ舞台まで経験した宮城だったが、その後、人生が上向くことはなかった。母の治療費を稼ぐために裏社会に足を踏み入れ、転落していく教え子の姿に、天国の貝沢はなにを思うだろうか。

「遠藤先生からは、まだ連絡ないんですか」

鳴海に言われ、音喜多はスマートフォンを確認した。着信履歴はない。液晶画面では、ドレスでおめかしした娘がヴァイオリンを演奏しているだけだ。

「まだだ」

音喜多はスマートフォンをしまった。

「そろそろ札幌に向かうか」

宮城は札幌の暴力団に所属していた。北海道警本部組織犯罪対策課の高梨《たかなし》という人物から、宮城の所属していた長陽組系野島一家についての情報を提供してもらえる手《て》筈《はず》になっている。

高梨とのアポイントは午後八時。苫小牧から札幌までは電車で一時間ほどだから、いま出ればちょうどいい時間に到着できる。

「晩ご飯はジンギスカンですかね」

「いまコンビニでおにぎりやらソフトクリームやら食べてた気がするが」

「あれはおやつです」

そんな小さな身体のどこに入るんだ。

音喜多はあきれながら右手を上げ、通りがかったタクシーを止めた。

5

北海道警本部の玄関をくぐると、男が声をかけてきた。

「もしかして音喜多さん？」

「そうですが」

「高梨です。道警組対課の」

男が自分の胸に手をあてる。

「ああ」

玄関で待っていてくれるとは思わなかった。

高梨は身長一九〇センチ近い大男だった。骨太でしっかりした体格こそ威圧感があるものの、つねに笑みを湛えたような顔立ちには愛嬌《あいきょう》があり、親しみやすい印象だ。

名刺交換を終えると、高梨は出ましょうという感じで、玄関の外を手で示した。

「食事は済ませられましたか」

「いいえ」

「よかった。ご案内したい店があります」

「ジンギスカンですか」

目を輝かせる鳴海に、申し訳なさそうに手を振る。

「申し訳ない。やきとりです」

高梨は二人を先導し、ときおり振り返りながら話した。

「お問い合わせをいただいた野島一家っていうのは、実はもう看板を下ろしているんです」

「解散したんですか」

「ええ。もう十……二、三年前になるかな。構成員が減ってきて、組織を維持するのも難しくなったとかで。いまどきの若いのは下積みを嫌がるし、海外の組織も入ってきたりで、ヤクザ続けていくのもなかなか大変みたいですよ」

解散自体が十二、三年前ということは、宮城が籍を置いていたのはさらに前ということになる。

「それで」と、高梨が言う。

「組自体はなくなったんですが、組をまとめていた野島竜造《りゅうぞう》という男が、この近くでやきとり屋をやってるんです」

「それでやきとりですか」

「はい。お問い合わせのあった宮城という男については、うちの記録には残っていなかったものですから。でも、元組長なら覚えてるんじゃないかと思い、野島に連絡してみたんです。そしたら覚えてるっていう話だったので」

「いろいろありがとうございます」

「いいえ。野島の店は、普段からよく利用しているんですよ。元暴力団員の社会復帰を応援してやりたいし、なにより、普通に味がいい」

「美味しいんですか」

鳴海が食べ物の話題だけ前のめりになる。

「仕事だぞ。わかってるのか」

「わかってますよ」

二人のやりとりに、高梨が声を上げて笑った。

「仕事なのは間違いないけど、美味いものが食べられるのに越したことはありませんよね」

大通り公園を横切っていくつか通りを渡ると、飲み屋の看板が目につくようになってきた。

「ここからもうちょっと歩くと、もうすすきのです」

高梨が指さした先は、たしかにひときわ明るく賑《にぎ》やかな印象だ。だが高梨はそちらには向かわず、左折して雑居ビルに入っていった。エレベーターに乗り込み、四階にのぼる。

四階についてすぐ目の前の扉を開くと、カウンターの奥で白髪頭に鉢巻きをした男が顔を上げた。

高梨の顔を見るや、片頬だけを持ち上げる皮肉っぽい笑みを浮かべる。

「いらっしゃい」

酒焼けしたような、しわがれた声だ。

カウンターのみ、八席ほどの小さな店だった。寿司屋のようなショーケースに串を刺した肉が並んでいて、すぐ奥にグリルがある。鉢巻きの男が、せわしなく手を動かして串を回転させていた。ほかに従業員はいないようなので、この男が野島竜造だろう。

「相変わらず閑古鳥《かんこどり》だね」

高梨が脱いだコートをハンガーにかけながら言う。

「ほかに客がいたら話しにくいこともあるだろうから、断ってるだけだ」

軽口の叩き合いから、気の置けない関係性が伝わってくる。

音喜多と鳴海が着席するや、「はいよ」とカウンター越しに皿が出てきた。四角い皿に串が三本載っている。タレのかかった肉の間に挟まっているのは、タマネギのようだ。ネギマか。

「ありがとうございます」

「お姉さんも」

野島が鳴海にも皿を差し出した。そのときに気づいた。左手の小指がない。

「やったー。お腹ペコペコだったんです」

札幌行きの電車でも、なにか菓子をつまんでいた気がするが。

「これは、からしですか」

音喜多は両手で持った皿を凝視した。皿の端に黄色いペーストが盛ってあった。

「そうです。洋がらしです」

高梨が言った。

「洋がらしですか」

「珍しいでしょう。意外と合いますよ」

いただきますと早速串にかじりついた鳴海が、目を瞬《しばたた》かせる。

「なにこれ」

「どうした」

驚愕の表情がこちらを向いた。

「これ、鶏じゃない」

がははは、と野島が豪快に笑う。

「室蘭《むろらん》やきとりです」

高梨が椅子に座りながら説明した。

「室蘭やきとりは、鶏の代わりに豚肉を使うんだよ」

野島が目の端を拭っている。

「そうなんですか。豚なのに、やきとり」

「驚かせちまって悪いな」

野島がちらりと高梨を見る。共犯者を見る目だった。

「道外から客が来ると、いつもやるんです」と高梨が苦笑している。

「鶏肉のやきとりもできるけど」

野島の言葉に、鳴海はかぶりを振った。

「いいえ。豚が食べたいです。せっかく北海道に来たんだし、すごく美味しいし」

「そうかそうか」

鳴海ほどリアクションがいいと、料理の作りがいもあるだろう。

「なにを飲む？」

野島が三人の客を見ながら訊いた。

「おれは生中。音喜多さんたちも、同じでいいですか」

高梨がこちらを見る。

「いや」と手を振ると、意外そうにされた。

「飲めないんですか」

「ええ、実は」

嘘《うそ》だった。本当は飲める。万に一つでも、鳴海がアルコールを口にしないための予防策だった。以前、鳴海が音喜多の酒を飲み、手がつけられないほど悪酔《わるよ》いしたことがある。

「音喜多さん、飲まないんですか。私は生――」

鳴海に声をかぶせた。

「おまえも飲めないんだ」

「飲めます」

「飲めないんだ！」

ほとんど怒鳴《どな》っていた。

事情はわからなくても音喜多の剣幕に圧倒されたようだ。高梨も無理にアルコールを勧めようとしなかった。

高梨はビール、音喜多はウーロン茶、鳴海はオレンジジュースで乾杯した。

基本的に常連相手の商売なのか、野島は注文を取ることもなく、焼けたものを次々に出してくる。

「鳴海さん、いい食べっぷりですね」

ジョッキを片手に、高梨が鳴海の皿を覗き込む。

ほかの二人に比べて、鳴海だけ料理の消費速度が速かった。食べた串を入れる串立てが、鳴海の前のものだけぎゅうぎゅうになっている。

「美味しいからどんどん入っちゃいます」

「だってさ。大将」

高梨が野島を見る。

野島は片頬だけを持ち上げ、喜びを表現した。

「あんたら、宮城について話を聞きに来たんじゃなかったか」

「そうだった。音喜多さんに鳴海さん、なんでも訊いてください。明らかになっていない余罪以外は、しゃべってくれると思うんで」

高梨のブラックジョークに、野島が鼻を鳴らす。

「そんなもん、ない。ただ年をとってこっちのほうが怪しい。覚えてないこともあるかもしれない。そのへんは勘弁してくれ」

「こっち」というところで、野島は自分のこめかみを指さした。

ではどうぞ、と、高梨から手のひらを向けられ、音喜多はおしぼりで手を拭いながら口を開いた。

「高校時代の宮城は、とくに素行面で問題のある生徒ではなかった印象です。それがなぜ、暴力団に入ることになったのでしょう」

野島は紙タバコのパッケージを取り出し、口に咥えた。そのまま点火したコンロに顔を近づけて着火する。

紫煙《しえん》を吐き出しながら言った。

「根っからのワルじゃなくても、背に腹は代えられない事情があったんだろうさ」

「母親の病気ですか」

「とっくに調べついてんじゃないか」

野島が肩をすくめる。「おふくろさんが重い病気にかかっていて、保険の適用されない高額な治療を受けさせたいって話だった。そのためには人を殺す以外ならなんでもするって、最初にうちの若いのに連れてこられたとき、言ってたな」

「そのとき、大将はなんて答えたの？」

高梨がカウンターに片肘をつく。

「人を殺せないなら帰れ。うちの組では、必要なら人を殺せる人間を探している」

束の間、空気が張り詰めた。

「まあ、そうなるな。ヤクザだもんな」

高梨の笑いで、緊張が和《やわ》らいだ。

「そしたらあいつ、じゃあ殺す。殺せって言われたら殺すからって、土下座《どげざ》してな。高校卒業してから札幌に出てきて、パチンコ屋に住み込みで働いていたんだけど、思うように金が貯まらなくて、なのにおふくろさんは重い病気にかかっちまって、焦《あせ》ってたんだよな。話を聞いてるうちに、おれもほだされちまってな」

「盃《さかずき》をかわしたんだ」

　高梨が言い、野島が顎を引く。

「一度足を踏み入れちまったら後戻りはできない。ヤクザなんて、ならないで済むならならないほうがいい。だがそうしないと生きていけないやつだっているんだ」

「勤務態度……という言い方は変ですが、シノギに取り組む姿勢はどうでしたか」

　音喜多の質問に、野島は小さく肩を揺らした。

「真面目……といったらおかしな表現だが、頑張ってた。心根の優しいやつだから他人が苦しむところなんか見たくないはずだが、おふくろさんのために鬼になろうと腹括ったんだろうな。守るべきもののあるやつは強いよ」

「売り物の覚醒剤に手を出して、組を追われたと聞きましたが」

「それはちょっと違うな。うちの組ではクスリのシノギはやっていなかった。お天《てん》道《と》様《さま》の下を胸張って歩けるような生き方だなんて口が裂けても言えないが、クスリにだけは手を出すなと、下の連中にも厳しく言い含めていた」

「では、この情報はガセですか」

　野島がタバコをひとふかしして、灰皿で揉み消す。

「やつがクスリに手を出したのは事実だ。だがうちが扱ってた商品ってわけじゃない。よその売人から買ってたんだ。最初に気づいたときは怒鳴りつけたんだが、一度手を出してしまったら……わかるだろう？　おれの目を盗んでまた買ってやがった。そうなるともう無理だ。ほかの連中にはぜったいに手を出すなと言い渡しておいて、宮城だけ大目に見るっていうのも示しがつかない。組を辞めて、札幌から出て行くように言った……なんか飲むかい」

客のグラスが空になっているのに気づいたようだ。

「じゃあ、同じの」

高梨がグラスを返しながら、こちらを見る。

「音喜多さんたちは？」

「私も同じのを」

「私はさっきのやきとり」

鳴海だけは空いた皿を持ち上げた。

野島が声を立てて笑い、「わかった。ちょっと待っててくれな」と流し場で手を洗い始める。

「それはいつごろの話ですか」

音喜多の質問に「宮城に札幌から出てけっつったのがかい？」と、野島はハンドソープをすすぎながら訊き返した。

「ええ」

「十……五、六年ぐらい前になるかな。その後、やつがどこでなにをしているのかは知らない。堅気になってしっかり更生してくれてりゃいいなと思ってたけど、あんたらが来たってことは、そうはならなかったみたいだな」

寂しげな笑みを浮かべながら、野島は水道の蛇口を閉めた。

「あいつがクスリに走ったのは、おふくろさんが亡くなったせいだ。それまで鬼になろうと決めて、身を削って頑張ってたのが、おふくろさんが亡くなったとたんに、ぷつんと気持ちが切れちまったんだろうな。ぼうっとして人の話を聞いていないなんてことが増えていた。大事な人を失ったんだからしょうがないか、時間が解決してくれるのを待つしかないなんてかまえていたら、いつの間にかクスリに手を出していた」

覚醒剤に手を出したことで組を追い出され、札幌にいられなくなったために、宮城は上京することになった。ところが上京後も人生を立て直すことができずに、刑務所を出たり入ったりしながら転落を続けた。

そして最終的に、同じ高校の後輩である古溝裕樹に執着し、殺害に至る。

野島はショーケースから串を何本か手に取り、グリルに載せた。

「そういえばあいつ、ラッパ吹くのが上手かったな」

「コルネットですか」

鳴海がカウンターの上で両手を重ねる。

「コルネットだかトロンボーンだか知らないけど、ラッパはラッパだよ。こういうやつな」

野島が左手で楽器を持ち、右手の指を動かしてピストンバルブを押し込む動きをする。

「その動きだとコルネットです。コンパクトで持ち運びしやすいポケットコルネットもありますし」

鳴海が両手で大きさを表現する。

「そうそう。それぐらいの小さいやつだったよ。それをケースに入れて持ち歩いていた。あまりに上手いものだから、祝い事やら宴会のときに、あいつに吹かせてたんだ。おれが好きな演歌とかは知らなかったけど、一生懸命覚えて、しばらくすると吹けるようになってたな。プロになればいいのにって、言ったことがある。おれは素人《しろうと》だから上手い下手はわからないけど、それでもあいつのラッパが心に沁《し》みたのは間違いない。なんか、ガキのころのこととか、切った張ったみたいな物騒なこと考えずに、ただ無邪気に遊び回ってたころのこととか、死んだ親父とおふくろのこととか、思い出してさ。よくわかんないけど、きっとあいつ自身が抱える悲しみとか後悔とかが、音に表れていたんだと思う。それって大事なことだろう？　専門的なことがなんもわからない素人を感動させるのが、プロじゃないか。だからプロになれると思った。ヤクザなんかハナからあいつには向いてないんだから、音楽家として成功すればいい。そうすればおふくろさんだって鼻高々《はなたかだか》だろうに。だけどあいつはいつも、そんな次元じゃないって謙遜するんだ。まあ、そういうのがあいつのいいところだったんだけど、もっと自分に自信持ってもいいのになって、いっつも思っていたよ」

野島が注文されたドリンクをサーブし、グリルの串をひっくり返す。

そしてふと笑いを漏らした。

「そんな控えめなやつだったけど、酒が入ると少しだけ気が大きくなるんだろうな。いつも自慢することがあってさ」

「なにを自慢してたの」

高梨がジョッキを持ち上げ、興味深そうに顔を上げた。

「高校時代に吹奏楽部で全国大会に出場したってことさ。なんでも、吹奏楽部創設以来初めての快挙だったらしいな。それまでなに一つ成し遂げたことのなかった自分が、あんな大舞台に立てるなんて想像もできなかった。途中で投げだそうとしたこともあったけど、頑張って続けて本当によかったって。何度も何度も同じ話をするわけよ。あまりに繰り返し聞かされるものだから話の筋なんかわかりきってるんだけど、あいつの楽しそうな顔を見てると、話の腰を折る気にもなれなくてさ」

でも、と、ふいに野島の顔が憂《うれ》いを帯びる。

「あいつの話を聞いてると、かわいそうにもなってくるんだよな」

「かわいそう？　なんで」

高梨が首をかしげた。

「だって、ほかになんもないのかよって思うじゃないか。それなりに生きてきて、楽しく語れる思い出がそれしかないのかって。吹奏楽部で全国大会って、そりゃたしかにすごいよ。なかなかできることじゃないし、できるやつのほうが少ない。でも、そればっかりだと、それしかないのかって思えてくる。ほかにもなんかあるだろう？　むしろあってくれよ、ってさ」

「そうかもしれないね」

高梨が頬杖《ほおづえ》をついて頷いている。

「だからかわいそうになるんだ。こいつにとって、その瞬間がピークだったんだな。吹奏楽部で全国大会に出場した、その記憶を何度も何度も頭の中で繰り返して、大事な宝物みたいに抱えて生きていくんだなって。当時、やつはまだ若かったから、本当はもっと嬉しいことや楽しいことを経験できたはずなんだ。なのにヤクザの世界に足を踏み入れてしまったせいで、その可能性を奪ってしまった。責任を感じたよ」

「だけど、ヤクザになる決意をしたのは、宮城自身だし」

肉の焼けた串をグリルから皿に移し、野島が音喜多のほうを見る。

「宮城のやつ、なにしたんだい」

質問した直後に、野島はかぶりを振った。

「言えないよな。わかってる。悪かった」

皿を鳴海に差し出しながら言う。

「東京から捜査一課がわざわざやってくるんだから、それなりのことはしたんだろう。もしかしたら札幌から出ることで、なにか変わるかと期待したんだけど」

世の中はそんなに甘いもんじゃねえかと、野島は残念そうに笑った。

6

その日は、札幌市内のビジネスホテルに宿泊することにした。シングルルームを二部屋取り、フロントで鳴海と別れて部屋に入る。脱いだジャケットをハンガーにかけるのもおっくうで、ベッドに放り投げた。そのまま自分も横になってしまいたかったが、そうすると眠ってしまいそうだ。ベッドサイドに腰掛け、スマートフォンで班長の小野に音声発信した。

『もしもし』

部下からの報告を待ちわびていたかのように、小野は即座に応答した。

「お疲れさまです。音喜多です」

『お疲れさん。北海道はどうだ』

「楽しんでますよ」

『税金で満喫されても困るんだがな』

　声が笑いを含んでいるので、けっして責めているわけではなさそうだ。

「もちろん、仕事はしています」

『当然だ。どうだった』

「苫小牧で古溝と宮城の母校である見山高校を訪ねた後、宮城の実家周辺で聞き込みを行い、札幌に移動して道警組対課の高梨さんからの仲介で、以前に宮城が所属していた野島一家の組長に話を聞きました」

『どうだった』

「宮城はガイシャと同じ学校の吹奏楽部に所属しており、担当楽器も同じだったようです。ですが在学期間は重なっておらず、また卒業後に宮城が母校を訪ねて後輩を指導するようなこともなかったそうです」

　静かな落胆《らくたん》の気配があった。

『微妙だな。接点がありそうなのに、見つからない』

「現在の見山高校の吹奏楽部顧問が宮城の同級生で、地元に残っている吹奏楽部ＯＢに声をかけてくれるそうです。おそらく、明日にでも話を聞けるかと思います」

『なにかヒントが見つかるといいんだが』

「そちらはどうですか。なにか進展は？」

『ガイシャのスマホを解析してみたが、仕事関係や愛人とのやりとりしか残っていなかった。バンドのメンバー同士の関係は冷え切っていたようだが、だからといって殺し合いするほどのトラブルがあったわけではなく、むしろ夫婦の倦怠期《けんたいき》みたいな感じだったようだな。必要に駆られてしかたなく一緒にいるが、極力コミュニケーションを取りたくないといったたぐいの』

「さすが、倦怠期のベテランだ」

『夫婦別れしたやつに言われたくないな』

痛烈な皮肉は、曖昧な笑いで受け流した。

「最上が唱えていた、クスリ関係の金銭トラブル説はどうですか」

『ない』即答だった。『仕事関係者からの事情聴取でも、クスリのクの字すら出てこない。噂レベルですら上がってこない可能性を検討する意味はない』

「愛人は？」

『本妻と別れる別れないのトラブルがあったわけでもなく、むしろいっときの関係と割り切って交際していたような印象を受けた。そんなんで家庭を壊されたら妻はたまったものじゃないだろうが、スマホに残されたメッセージのやりとりを見た印象でも、ガイシャのほうがゾッコンだったみたいだな。愛人は殺しを働くほど、ガイシャに惚れてはいなかった。実際にアリバイも成立している』

「となるとガイシャ周辺に、疑わしい人物はいない」

『ああ。だからいまのところもっとも疑わしい存在が、宮城ってことになる。まったく、とんでもないお嬢だな』

「お嬢」とは、宮城の存在をあぶり出した鳴海のことだろう。

「本庁に引っ張りますか」

『本気で考え始めているよ。お嬢が北海道に行きたがってるから出張させてくださいっておまえが言い出したときには正気を疑ったが、いまは許可してよかったと思っている』

「正気を疑ったんですか」

『そりゃそうだろう。玉堤署のエースだかなんだか知らないが、本庁捜一が所轄の刑事の言いなりになるなんて聞いたことがない。おまえら二人が、実はデキてるんじゃないかとさえ考えた』

「でも信じてくれたんですね」

『おまえは身内に手を出したりしない。おまえの人間性を信じてるんじゃなくて、二度同じ失敗を繰り返すほどのバカじゃないと思ってるからだ』

耳の痛さに苦笑しか出てこない。

「そちらでも宮城の行方を追っているんですよね」

『ああ。ただ、交友関係がまったく見えない。というより、たぶん他人との交友がほぼない』

「直近では新聞販売店に勤務していたようですが、それ以前は」

『新聞販売店の店長の話では、面接の際、山谷《さんや》で日雇いの仕事なんかをしてしのいでいると話していたらしい。いちおう確認のために山谷にも捜査員を派遣しているが、手がかりが見つかるかどうか……』

山谷は東京唯一のドヤ街で、日雇い労働者のための簡易宿泊所が集まっている。身分証明ができなくとも受け入れてもらえる懐の深い街だが、特定の人物を捜索するとなると難しい。宮城は三か月前に出所し、三週間前に新聞販売店で働き始めているので、山谷に滞在していたとしても長くて二か月程度。

また明日連絡しますと締めくくり、通話を終えた。

ベッドに身体を投げ出し、天井を見つめる。身体はくたくたに疲れているのに、神経が昂《たかぶ》って寝つけそうにない。

犯人は本当に宮城なのだろうか。

状況から考えれば、限りなく疑わしいのは間違いない。都内に住居があるにもかかわらず、被害者宅の近くに一週間前からウィークリーマンションを借りていた。同僚の名義でウィークリーマンションを契約してほどなく、勤務先の新聞販売店から姿を消した。スマートフォンの電源が切られているため、いまなお行方がわからない。

宮城は被害者と同じ高校の出身で、同じ吹奏楽部に所属し、同じコルネット担当だった。

ただし、年齢は三つ違いで在学時期が重なっていない上に、高校卒業後、病気の母の治療代を稼ぐために札幌に出て、裏社会にまで身を投じた宮城は、母校を訪ねて後輩を指導することもなかった。出身中学も異なり、お互いの住まいも離れているため、面識すらなかったと思われる。

なぜだ。

なぜ、古溝を殺した。

新聞販売店の寮に残されていた吹奏楽の専門誌には、古溝のインタビューが掲載されていた。自らの音楽人生を振り返る内容で、プロフィール欄に出身地が載っていたし、全国大会出場をはたした先輩に憧れて入学したにもかかわらず、自分たちの代では鳴かず飛ばずだったというエピソードもおもしろおかしく披露されていたので、年齢と照らし合わせれば、古溝のことを母校の後輩だと気づいた可能性はある。

あの記事を見て、犯行を決意したのだろうか。同じ高校の吹奏楽部で同じ楽器を担当していたのに、かたや成功したミュージシャン、かたや刑務所に出たり入ったりを繰り返し、人生を立て直せずにあえぐ男。

同じスタート地点なのに、なぜこんなに差を付けられてしまったのかと、一方的に憎悪を募らせた。なにしろ宮城の代は、全国大会出場をはたしている。高校時代の実績は、明らかに宮城のほうが上だ。

しかし実家の近所に住んでいた井筒や、宮城が所属していた暴力団組織を率いていた野島から聞く宮城和雄像と、どうにも結びつかない。

宮城は不器用な男だった。家庭の苦しい経済状況を察して、高校を中退しようとした。高校卒業後は、重病の母の治療費を稼ぐために札幌に出て、裏社会に身を投じた。母や近隣住民には不動産業で成功したと嘘をつき、汚い仕事で懸命に金を稼いだ。だが母の死後は糸が切れたようになり、薬物に溺れるようになった。ふだんは控えめなのに、酔うと高校時代の栄光を自慢げに語る男。いつまでも過去の栄光から逃れられない男。

愚かではある。不幸な身の上には同情するが、ことごとく選択を間違ったような印象も受ける。賢く立ち回れば、結果を変えることはできたかもしれない。

しかし、成功した後輩を妬《ねた》んで、殺人に至るような人物にはとても思えない。野島によれば、野島一家入りを望んだ宮城は「殺人以外ならなんでもやる」と言ったのだ。そんな男が、たかが妬みで人を殺すだろうか。

もちろん、人は変わる。二十年もの時を経て、まったく変わらないでいられるほうが難しい。ましてや宮城は貧しい家庭環境から人生を挽回しようと、懸命にもがいてきた。母のために人の心を捨て、鬼になろうと、一度は覚悟した男だ。変わろうとしたのは間違いない。それでも、変わろうとして変われるものだろうか。

新聞販売店で同僚だった田向も、利用されていたことを知らされてなお、宮城を嫌いになりきれない雰囲気だった。あれは宮城の人間性に惹《ひ》かれていたせいではないのか。宮城が人を利用してなんとも思わないような冷血漢だったら、いくらお人好しとはいえ、田向も怒りを露わにしたのではないか。

わかっている。甘い考えだ。純真《じゅんしん》無垢《むく》な子どもだって、人を殺してなんとも思わない極悪人になる。少年時代の宮城のエピソードを聞いたせいで同情し、肩入れしたくなっているだけだ。

音喜多は上体を起こした。ベッドから足をおろし、立ち上がる。

財布と部屋の鍵だけを持ち、部屋を出た。すぐには眠れそうにない。たしか非常階段の近くに、缶ビールの自動販売機があった。

エレベーターホールを通過し、絨毯《じゅうたん》の廊下を右に曲がる。

自動販売機が、あった。

「あ」音喜多が声を漏らしたのは、自動販売機の前に鳴海がいたからだった。中腰になりながら、自動販売機の取り出し口から缶を取り出している。

向こうも気づいたようだ。

と、思ったが、目を見開いた表情には恐怖が浮かんでいる。

「おれだ。音喜多だ」

慌てて自分を指さした。

「なんだ、音喜多さんか。驚かさないでくださいよ」

驚くような場面でもないのだが。

どこに行くにも山高帽を忘れないようにしないと。

「なにやってる」

ソフトドリンクも売っているのかと思ってショーケースを確認したが、そこに並んでいるのはアルコール飲料だけだった。鳴海の手に握られているのも、ビールの缶だ。

「ビールを買ってるんです。音喜多さんも買いに来たんですか」

「まあな」

音喜多は財布から小銭を取り出し、自動販売機に投入した。

「飲むようになったのか」

指を彷徨《さまよ》わせるが、ボタンがたくさんあるだけで販売しているのは二銘柄のみだった。いつも飲んでいるほうのボタンを押した。

「たまーに」

鳴海が人差し指と親指の間にわずかな隙間を作る。それは頻度じゃなくて量を表すジェスチャーだと思うが。

「酒は喉によくないんじゃなかったか」

最初にペアを組んだ時点で、鳴海は生まれてこの方、一滴も酒を飲んだことがないと話していた。ソプラノ歌手として、喉を守るために刺激物を控えていたのだ。

「よくはないんだけど……たまにならいいじゃないですか」

「まあ、な」

プロの音楽家の自己管理がどれほどのものか、音喜多には想像もつかない。酒をがぶがぶ飲むソプラノ歌手もいるのかもしれない。それでも音喜多は複雑な心境だった。鳴海は音楽隊への異動を自ら断っているという話だが、音楽よりも犯罪捜査に生きがいを見出《みいだ》したのかもしれない。ただ、鳴海の歌を聴いて心を揺さぶられた身としては、複雑だった。

「音楽隊への異動は、もう諦めたのか」

思い切って訊いた。

「諦めた、というか、もう遅い、というか」

「遅いって、おまえいまいくつだ」

「三十です。三十路《みそじ》になっちゃいました」

片目を瞑《つぶ》ってペロリと舌を出し、おどけた表情を作る。

「三十なんてまだ若い。可能性に満ちてるだろ。これからなんだってできる」

　ううん、と鳴海は複雑そうだ。

「でも私、ソプラノなので」

　クラシック音楽どころか、音楽全般に不案内な音喜多には、鳴海の発言の意図がわからない。

「ソプラノだから、なんだ」

「音楽家としての寿命が長くないってことです。ほかの楽器ならキャリアとともに演奏も安定し、表現力が増してくることもあるでしょうが、歌手は声が命です。一般の人でも、年を取るとカラオケでキーの高い歌が歌えなくなるでしょう？」

「カラオケ、あまり行かないからな」

「普通は年齢を重ねると高い声、出なくなるんです」

「でも三十歳は早いだろう」

「どうですかね」

　鳴海が曖昧に首をかしげる。

「こっちの仕事がおもしろくなってきたっていう理由なら、おれはなにも言わない。おまえの捜査力を高く評価してる人間だって大勢いるし、警察組織にとってはそのほうがプラスになるだろうしな。だがおまえ、もしかしたら音楽隊に異動するのが怖くなってきたんじゃないか」

しばらく黙っていた鳴海が、缶ビールを顔の前に持ち上げる。

「長くなりそうなので、部屋飲みしながらゆっくり話します？」

「話さない」

「どうしてですか」

鳴海は不服そうに口を尖《とが》らせた。

「軽々しくそんな提案ができるのは、酒を飲んだおまえの相手がどれほど大変なのか、おまえ自身にはわからないからだ」

「ごめんなさい」

叱られた子どものような、拗《す》ねた口調だ。

「おれは、音楽のことはまったくわからない。自分で楽器を演奏することだってできないし、他人の演奏を聴いても、上手い下手がわからない。まったくの素人だ。だがそんなおれでも、おまえの歌がすごいことはわかる。おまえにとっては望んでもいないのに、たまたま与えられた才能かもしれないが、生かすべきだと思う。たくさんの人に聞かせるべきだと思う」

無言でこちらを見ている鳴海に、音喜多は気持ちをぶつける。

「野島の言ってたことが、おれにはよくわかった。専門的なことはわからなくても、宮城のトランペットの音色は野島の心に沁みた。音には生き様が表れる。野島にとって、宮城の演奏は金を取るに値する演奏だった。技術がどうとか、そういう問題じゃない。おれにとって、おまえの歌がそうだ。クラシックのコンサートなんて、娘のヴァイオリンの発表会程度しか知らないが、おまえの歌はすごい。圧倒されたし、心が震えた。音楽隊に行くべきだ。行って、その歌を、たくさんの人に聴かせるべきだ。おれが経験した感動を、ほかの人にも味わわせるべきだ」

もちろん無理強いすることではないし、最終的な判断はおまえがするべきだが、おれはそう思う、それだけだ、と言い残し、音喜多は鳴海に背を向けた。

インタールード　――二十年前

音楽室に足を踏み入れた瞬間、世界から完全に音が消えた。

「どうした。ほら、早く準備して。すぐに始めるよ」

貝沢は両手を打ち鳴らし、生徒たちを促す。それでも生徒たちは動き出さない。譲り合うように互いを見合っている。楽器を演奏する行為自体が、失礼にあたると思っているかのようだった。

「なにをボーッとしているの。いつも言ってるけど時間は有限なんです。とくに三年生は、もうすぐ受験です。文化祭が終わったら本腰入れようなんて、甘いことを考えてちゃいけません。いまのうちから出来ることはやっておかないと」

窓際に重ねてあった椅子を一脚持ち上げ、黒板を背に腰掛ける。以前の自分はどうだったろう。どんなふうに振る舞っていたのだろう。記憶を辿りながら脚を組み、腕組みをする。しかしすぐにいたたまれなくなる。

「ほら、早く。きみたちはなんのためにここに集まっている」

両手を何度も叩いて、ようやく生徒たちが動き出した。

しかし、その後の一時間半の練習で披露された演奏は、とても全国大会に出場した吹奏楽部とは思えないほど酷《ひど》いものだった。だが貝沢は叱らなかった。というより、叱れなかった。演奏の乱れが、二週間ぶりに顔を見せた顧問の教師を気に懸けているせいなのは明らかだった。こんな状態では、自分がいないほうがマシかもしれない。

練習を終え、「寄り道せずに早く帰りなさい」と言い残して音楽室を出る。

廊下を歩きながら、そっけなく振る舞いすぎたかもしれないと反省した。以前なら少し音楽室に残り、生徒たちとの雑談に興じる時間があった。いつも通りを意識しすぎて、かえって不自然になっている。

もっとも、いま音楽室に残されたところで、生徒たちも話題に困るだろう。部長の小山などは、なにか言いたげでありながら、下手に声をかけることで顧問教師の傷口を広げたくないという内心の葛藤が、つねに顔に表れていた。腫れ物扱いというのは、まさしくいまの自分を言うのかもしれない。

そのとき、「先生」と背後から呼び止められた。

振り返ると長身の生徒が、息を切らしながら貝沢を見下ろしている。宮城和雄だった。走って追いかけてきたようだ。

「どうした」

首をかしげながら、貝沢は意外に思っていた。立派な体格に反しておとなしい性格のこの生徒は、いつも隅っこのほうでもじもじしている印象だ。ほかの生徒を差し置いて自己主張した記憶は、ほとんどない。

目の前に立つ宮城は、うつむきがちに立ち尽くしている。とっさに身体が動いて追いかけてきたものの、かける言葉はまったく用意していなかった、という感じだった。

しかたなく、貝沢のほうから切り出した。

「お母さんの具合は？」

「相変わらずです」

「……大変だね」

宮城の母親は身体が弱く、入退院を繰り返している。そのせいで経済的に大変らしく、学力的には問題ないのに、宮城には大学に進学する意思はないようだ。もったいないことだし、なにかしてやりたいと思うが、これぱかりはどうしようもない。

「なにか困ったことがあったら言いなさい」

背を向けようとしたそのとき、宮城が意を決したように口を開いた。

「ごめんなさい」

なにを謝られているのか理解できずに、反応するまで時間がかかった。

「なにが？」

「おれが面倒かけたせいで……」

ようやく理解した。宮城は大輝の自殺の責任が、自分にあると考えているようだ。

貝沢は生徒の肩に手を置いた。大きくなったな、としみじみ思う。いまでこそ朝礼や集会のときに集団から頭一つ抜け出すような体格だが、入学時点の宮城は、むしろ小柄だった。大輝も生きていれば、いつか自分の身長を追い越したのだろうか。

「きみのせいじゃない」

「でも……」

言葉を封じるように、貝沢はゆっくりとかぶりを振る。

「悪いのは先生です。部活の指導に夢中になって、自分の子どもに目を向けていませんでした。父親失格でした。先生の悪い癖です。なにかに夢中になると、まわりが見えなくなってしまいます。わかっているのに、どうしても直せない。よくないですよね」

笑ったつもりだが、上手くできた自信はない。

宮城は泣きそうな顔をしている。

「生きてください」

顧問の呟きに、ようやく顔を上げた。

「大輝は死にました。その責任が、きみたちにあるなんてことは、ぜったいにありません。ぜったいに、です。先生がきみたちにかかわるのは先生自身の意思で、好きでやっていることだからです。それでもどうしても責任を感じてしまうというのなら、大輝のぶんまで生きてください。生きて、いろんな経験をして、人生を存分に堪能してください。大輝がさっさと退場してしまったことを後悔させるような、もっと生きておけばよかったと、天国で悔しがるような人生を歩んでください。それが先生の望みです」

言い終えるころには、宮城は泣いていた。つられてこぼれそうな涙を、喉の奥に力をこめて堪える。

「できるね？」

宮城が頷く。

「それでいい。きみはきみの人生を、存分に生きてください」

何度か教え子の肩を叩き、歩き出そうとした。

そのとき、みぞおちに刺すような痛みが走り、顔を歪める。

「先生。大丈夫ですか」

「ああ。平気です。少し疲れているだけ」

懸命に笑顔をこしらえ、廊下を歩く。

教え子の視線を背中に感じながら、貝沢は苦痛に顔を歪めていた。

第三章

1

翌朝、集合時間にロビーに現れた鳴海に、昨日までと変わったところはまったくなかった。

いつものように食べ物の話ばかりして、いつものように電車に乗る前に食料を買い込みたがり、苫小牧までたった一時間の道のりなのに駅弁を一つ平らげた。にもかかわらず、苫小牧に着くなり腹が減ったと文句を言い始めるところも、いつも通りだ。

「約束の時間に遅れるだろ。昼飯はその後だ」

タクシーに鳴海を押し込みながら、音喜多は安堵していた。さすがに昨晩は踏み込みすぎた。音楽隊に異動するのか、それとも刑事として犯罪捜査に携わり続けるのかは、彼女自身が決めるべきで、捜査本部で一時的に行動をともにするだけの人間が口出しすることではない。

タクシーの運転手に、見山高校に向かって欲しいと伝える。

高校の正門前でタクシーをおり、玄関から校舎に入って音楽室に向かった。今日は土曜日で学校が休みだ。朝から吹奏楽部の指導をしているので、音楽室まで来て欲しいと言われていた。

缶ビールを買って部屋に戻った後、遠藤から連絡があった。当時の吹奏楽部の部員に声をかけ、そのうち四人が集まってくれるという。こちらとしては一人ひとり訪ねてもかまわなかったのだが、いっぺんに話を聞けるのはありがたい。

正門前からすでに聞こえていたブラスバンドの演奏が、階段をのぼるにつれて近づいてくる。演奏されているのは、昨日と同じ『フェスティバル・ヴァリエーション』。音喜多には上手に聞こえるが、ちらりと横目で見ると、鳴海は難しい顔をしている。

音楽室前に立ち、昨日と同じように窓から覗き込んだ。

今日は演奏する生徒たちの前に、数人の大人が立っていた。ある者は拍子を取るように大きく両手を叩き、ある者は目を閉じて腕組みをし、注意深く演奏に聴き入っている。遠藤が集めてくれた、元吹奏楽部員だろうか。

遠藤もいた。全体を見回しながらときおり指さしたり、手を大きく動かしたりして指示を与えていたが、音喜多たちに気づいて歩み寄ってくる。

「こんにちは」

遠藤は引き戸を開き、刑事たちに中に入るよう促した。

「いいんですか」

「ええ。もちろん」

どうぞ、と手招きされ、音喜多と鳴海は音楽室に足を踏み入れる。

生徒たちも、見守る大人たちも、室内に入り込んだ異物を気にするそぶりを見せたが、それも一瞬だった。すぐに演奏に意識を戻す。

それから演奏は五分近く続いた。

最後の一音の余韻が残る中で、遠藤が鳴海を生徒たちの前に誘導する。

「こちらは鳴海桜子さん。音大を卒業して、東京の警視庁の音楽隊に入った、すごい方だ」

思いがけない展開に、さすがの鳴海もぎょっとしている。

「鳴海さん。一言でかまいません。全国大会出場を目指して頑張っているうちの生徒たちに、なにかアドバイスをお願いします」

音楽室を指定したのは、これが目的だったのか。

鳴海は生徒たちの注目を浴びて困惑しているようだったが、やがて腹を決めたらしかった。

「じゃあ、遠慮なく」と声を引き締める。

「全体的にとっちらかったまとまりのない演奏で、いまのままでは全国どころか地区大会突破も厳しいと思います。全員が自分の演奏に精一杯で、ほかの楽器と合わせてアンサンブルを構成するという段階にまで至っていません。パーカス」

鳴海はブラスバンドの後方に控える、パーカッション担当の生徒たちを見た。男子一人と女子二人の三人組。

「指揮に合わせる意識は大事だけど、きみたちは曲の土台を支える屋台骨なんだから、演奏を追いかけてはダメ。もっとどっしりかまえていないと」

「は、はいっ」

三人のうちの男子生徒が姿勢を正し、周囲から笑いが起こる。

鳴海の指導はそれに留まらない。

「あとサックス組」

アルトサックス二人、テナーサックス一人、バリトンサックス一人。計四人の女子生徒が、揃って肩を跳ね上げる。

「楽譜を正確に演奏する上で、大事なのは音符の長さじゃない。休符の長さ。休符を一つの音と捉えて、休符を演奏する意識を持つこと。いま、みんなは音符の長さばかりに気を取られている。休符は休憩するところじゃない。曲の一部として、無音を演奏するところ」

「はいっ」

四人が声を揃える。

鳴海がブラスバンド全体を見回した。

「いまはサックス組だけに言ったけど、みんなも同じ。休符は、休符を演奏する意識で」

はい、とあちこちから返事が聞こえる。

「あと、チューバとユーフォ」

向かって左手で男女数人がかまえている大きな金管楽器がそうだろうか。

びくん、と弾かれたように顔を上げた。

「ロングトーンが不安定になって、指定された音符の長さまでのばしきれていない。大変なのはわかるけど、それぞれが違うタイミングで音を切っちゃうと、すごく散漫な印象になる。たんに運指の練習をするだけでなく、有酸素運動で肺活量を上げることも考えたほうがいい」

金管楽器を膝に抱えた、女子生徒の一人が口を開いた。

「ちょ、ちょうど考えてました、やったほうがいいかな……って」

「やったほうがいい。っていうか、本気で全国を見据えているなら、やるべき」

「わかりました」

最後に鳴海は、フルートのグループに目を向けた。

「あなた、手を抜かないで」

二人いるフルートのうち、向かって左側に座った女子生徒に言ったようだ。色白のボブカット。たしか澤山和音という名前で、昨日は鳴海が褒めていた。

澤山はむっと口角を下げた。なにか言い返すのかと思ったが、喧嘩するのも面倒くさいという雰囲気で、ぷいと顔を背けてしまった。

「こんな感じでいいですか」

鳴海が遠藤を振り返る。

「素晴らしいです。ちょっと演奏を聴いただけでここまで的確な指摘ができるなんて。ありがとうございます」

遠藤は感激した様子で、教え子たちのほうを見た。

「いまの鳴海さんのアドバイスをよく肝に銘じて、しっかり練習に励むように。先生はこれから、鳴海さんたちと話があるので、隣の音楽準備室にいます。演奏はしっかり聴いているから、手を抜かないように。なにかあったら準備室に来なさい」

教え子たちに伝え、遠藤がこちらへどうぞと歩き出す。ほかの大人たちも同じほうに歩き始めた。

音楽室と音楽準備室は、廊下に出ることなく直接行き来できるようになっているようだ。

遠藤に続いて音楽準備室に入ると、左手に大きな棚があり、手前のほうには大小さまざまな打楽器、奥の棚にはおそらくメロディカと思われる大量のケースが収納されていた。部屋の再奥には木琴《もっきん》が置いてある。

「懐かしいなあ」

髪の毛をきっちり七三に分けた姿勢のいい男が、感慨深そうに室内を見回す。

「ほんと、ぜんぜん変わってない」

そう言って頬の肉を持ち上げたのは、全体的に丸々としたいかにも明るそうな女だった。

小柄なショートヘアの女と、パンツスーツを着こなした宝塚の男役のような女が「あれまだ残ってるかな」と、奥の壁際まで駆けていく。

「あったー！　すごーい！」

「二十年前に描いたやつなのにね！」

「よっちゃん！　ちょっと来てよ！」

小柄な女に手招きされて、「なに？」丸々とした女が二人のもとに向かう。

「これほら、私たちが描いた落書き」

「掃除をしてるときに壁に傷つけちゃって、最初は誤魔化《ごまか》そうとしたんだけど」

「いっそかわいくデコレーションしてあげたほうがいいんじゃないかって話になって」

「星とかハートとか描いたの」

「うっそ！　これ、覚えてる！」

どうやら高校時代、部屋の奥の壁に描いた落書きが残っていたらしい。

三人の女は、すっかり高校時代に戻ったかのようにはしゃいでいる。

「犯人はきみたちだったのか。まさかそんな昔に描いたやつだったとは」

遠藤があきれたように笑いながら、丸椅子を人数ぶん並べた。

「女子たち、ほら、刑事さんだって忙しいんだから」

七三分けの男が女たちに声をかける。

「女子だって」

「そんな年でもないのに」

「いいじゃない。いくつになっても女子は女子だよ」

三人は笑い合いながら丸椅子に腰を下ろした。

「すみません。うるさくて。なんだかんだで集まるの久しぶりだから、みんなテンションが上がっているんです」

遠藤に謝られ、音喜多は手を振った。

「いいえ。かまいません。お忙しいでしょうに、今日は皆さんありがとうございます」

元吹奏楽部の部員たちが、それぞれお辞儀を返してくる。

「まずはこいつらを紹介させてもらいます。彼は藤本弘道。ヒグマ銀行白石《しろいし》支店だっけ？」

「それは前の店だ。いまは北広島《きたひろしま》支店」

藤本と紹介された、七三分けの男が言った。

「そうか。ヒグマ銀行北広島支店の支店長です」

「藤本です。よろしくお願いします」

「藤本くんっていま、支店長なの？　出世したじゃない」

ショートカットの小柄な女が言った。

藤本が手を振って謙遜する。

「出世したなんて、須磨さんに比べたらたいしたことないよ」

「須磨さんは札幌苗穂《なえぼ》大学の附属病院に勤務されている、お医者さんです」

遠藤に紹介され、小柄な女が頭を下げる。

「須磨貴江です。よろしくお願いします」

「貴江ちゃん、たしか苗字が変わったんじゃ……」と反応したのは、丸々とした女だった。

ところがパンツスーツの女に「こら」と肩を叩かれ、自分の口を手で覆う。

「お察しの通り、一度別の苗字に変わった後で、二年前に戻りました」

「本当にごめん。悪気はなかったの」

丸々とした女が、須磨の腕にすがるようにして謝る。

「別にかまわないよ。離婚してすっきりしたし。それよりよっちゃんは、まだ大和田《おおわだ》のままなの？　それとも旧姓に戻った？」

　意地悪そうな横目を向けられ、丸々とした女は胸を張った。

「おかげさまで。少なくとも、二人の子どもが自立するまでは別れられないかな」

「それって子どもが自立するまで我慢するってこと？」

　須磨の質問に、どうかしら、と意味深な笑みで応じ、女がこちらを向いた。

「大和田佳子です。旧姓は小山でした」

「部長さん？」と、鳴海に反応され、驚いたようだ。

「そうですが、よくご存じですね」

「高校の卒業アルバムで部を代表してメッセージを書かれていましたよね」

　音喜多も覚えていた。

「ご覧になったんですか。あのときから年は二十しか増えていないけど、体重は三十キロ増えました」

　全員が笑った。

　最後にパンツスーツの女が自己紹介する。

「金子千明です。私は一度も姓が変わっていません」

「彼女はなんと、議員さんなんです」

遠藤の口調は誇らしげだ。

「もう二期目だよな」

藤本が金子を見る。答えたのは本人ではなく、大和田だった。

「そう。この前の選挙で再選した。私、投票したもん」

「ありがとうございます」

恭しく頭を下げる金子に、大和田が笑顔を向ける。

「旦那にも投票させたからね」

放っておくといつまでもおしゃべりが続きそうだったので、音喜多が割って入った。

「皆さん、今日はありがとうございます。警視庁捜査一課の音喜多です」

肩を押して鳴海を促す。

「警視庁玉堤警察署、刑事課の鳴海です」

「音大出の刑事さんって珍しくないですか」

興味深そうな須磨に、遠藤が説明する。

「音楽隊として採用されたらしい」

「なるほど」

「警察にもあったな、音楽隊が」

四人とも納得してくれたらしい。

「メールにも書いてたけど、みんなに集まってもらったのはほかでもない。音喜多さんたちが、宮城について話が聞きたいそうなんだ」

そうですよね、という感じに、遠藤の視線がこちらを見た。

「そうです。我々は宮城さんがある事件に関係しているとみて、行方を追っています」

「古溝くんを殺したんでしょう」

大和田が眉間に皺《しわ》を寄せた。

「まだ決まったわけではありません。皆さん、古溝さんと面識はおありですか」

全員が思い思いに頷いた。

「ちょうど三つ下で入れ替わりなんだけど」

藤本の言葉を、遠藤が引き継ぐ。

「大学入ってから夏休みとか冬休みに吹部に顔出したときにな」

「目立ってたから印象に残るもんね」

金子が同意を求めるように、同級生たちを見た。

「目立つというのは、演奏が上手だったということですか」

音喜多の質問にかぶりを振ったのは、須磨だった。

「違います。ぶっちゃけ演奏で目立つ存在なんて、私たちの後の代ではいなかったよね」

「そうね。時間があるときにちょっと見に来る程度じゃどうにもならなかったし、やっぱり、貝沢先生がいたからこそだったのよね」

金子がふうと息を吐く。

「演奏ではなくて、明るくてリーダーシップがあって、みんなのまとめ役という意味で目立っていた、ということです」

遠藤が意見をまとめる。

「正直、入れ替わりで入ってきた代なんて、全員の名前は覚えてないもんね」

「だよね。よかった。覚え切れてないの私だけかと思った」

「っていうか、あれからもう相当経ってるから、忘れてても無理ないでしょう」

女性陣が頷き合っている。古溝は吹奏楽部でもリーダー格として目立つ生徒だったようだ。

「貝沢先生は、皆さんの全国大会出場後、少しして休職されたんですよね」

音喜多は一同を見回した。

「そうです」と遠藤が言い、ほかの四人が頷く。当時を思い出したかのように、にわかに空気が湿った。

「病気のことを隠して、私たちを指導してくれてたのよね」と大和田が伏し目がちになる。

「なんで気づいてあげられなかったんだろうって、いまでも思うことがある」

金子は責任を感じているようだ。

「気づいたところで、おれたちになにかできたわけじゃないし」

藤本は慰める口調だ。

「でも、無理させないようにブレーキをかけることはできたんじゃないかな。大会前は遅い時間まで練習することもあったし」

大和田が後悔を吐露する。

「無理だよ。大人になったいまなら、気づいてあげられるかもしれないけど。当時の私たちには、先生の体調の変化までは知りようがなかった」

須磨が医師を目指したのは、もしかしたら恩師の死が関係しているのかもしれない。

「皆さんの大会出場後に休職されたのであれば、貝沢先生が古溝さんを指導されることはなかったのですか」

「ありませんでした」と、藤本が答えた。

「貝沢先生は休職後翌年の秋に亡くなられるまで、体調が回復されることはありませんでした。何度かお見舞いに行かせてもらいましたが、会うたびに痩せ細っていて、悲しくなりました」

「頑張って治して、また吹部の顧問に戻ってくださいって言っても、最後のほうはあんまり響いていないみたいで悲しかったな。あんなに熱心に指導してくれた先生が、こんなふうになるんだ……って」

金子がふうと息を吐き、肩を落とす。

「それってやっぱり病気のせいだけじゃなくて、あのことが関係しているんじゃ……」

途中まで言ってから、大和田がしまったという感じに自分の口を手で覆う。

「あのこと、というのは？」

音喜多は全員の顔を見まわした。

言うべきだろうか、という感じの視線の応酬があり、遠藤が代表して口を開いた。

「先生の息子さんが、亡くなったんです」

「亡くなった？」

譲り合うように互いの顔を見合った後で、口を開いたのは金子だった。

「自殺でした。マンションから飛び降りたんです」

「飛び降り……ですか」

総毛立つ感覚があった。今回の事件でも、被害者の古溝はマンションから転落死している。爪の間から被害者の衣類とは異なる繊維片が検出されたため、殺人事件の可能性が浮上したが、そうでなかったら、事故として処理されていた可能性もある。

まさか、二十年前にも宮城が……？

思ったが、続く大和田の告白でその可能性は否定された。

「息子さんが亡くなったの、私たちが全国大会で演奏した、まさしくその日だったんです」

　ということは、当時吹奏楽部でコルネットを担当していた宮城も、苫小牧を離れていた。

「その息子さんって、いくつだったんですか」

　鳴海が椅子から腰を浮かせんばかりの勢いで質問する。

「中学三年生だったと思います」

　須磨が答えた。

　音喜多はたたみかける。

「貝沢先生の息子さんは、古溝さんと同じ中学に通っていたのではありませんか」

　五人の視線が泳ぐ。

「古溝くんはたしか桜木中だったよね」

「貝沢先生の住所は、どこらへんだっけ」

「私、行ったことある。ゴルフ場の近くのマンションだったよ」

　全員の意見を、遠藤がまとめる。

「そのあたりなら桜木中が校区になるはずなので、古溝くんと同じ中学の可能性が高いと思います。ただ私立に通う子もいるし、断言はできません」

「わかりました」あとは自分たちで調べればいい。「貝沢先生のフルネームを教えていただけますか」

そんなことが事件に関係あるのかと首をひねりながらも、藤本が答える。

「貝沢勲先生です」

「貝沢先生の自宅に行かれたこともあるとおっしゃいましたが、いま、住所はわかりますか」

「もう二十年前ですから、記録は残っていないかもしれません」

遠藤が申し訳なさそうに言った。

「でも私は行ったことあるから、だいたいの場所ならわかる」

大和田がスマートフォンを取り出し、地図アプリを開く。隣から覗き込む金子と相談しながら場所を特定したらしく、こちらに液晶画面を向けた。地図上に赤いマーカーがあり、その場所の住所が表示されている。

「ありがとうございます。失礼します」

音喜多がスマートフォンで液晶画面を撮影していると、遠藤が訊いた。

「貝沢先生が事件に関係していると？」

「わかりません。念のために調べてみるだけです」

「話を聞けるとしたら貝沢先生の奥さんしかいませんけど、でも奥さん、たぶんもうそこから引っ越しているんじゃないかな。あのマンション、一人で暮らすには広すぎるし」

大和田が悲しそうに声を落とす。

「貝沢先生のご遺族の居所がわかる方はいらっしゃいますか」

音喜多の質問に、全員が目をそらした。

「大学を卒業するぐらいまでは、お線香《せんこう》を上げにうかがうこともあったのですが、それ以後は……」

藤本が後ろめたそうに肩をすくめる。

「あんなにお世話になったのにね」

金子の言葉に、須磨が反応した。

「でも、なんやかんやで忙しかったから」

「社会に出てしまうと、どうしてもそうなっちゃうよね」

「家庭を持って、とくに子どもが生まれてからは、そんな余裕なくなっちゃったもんなあ。昔はずっと一緒だったのにね」

口々に弁解しているようだった。

音喜多にも彼らの不義理を糾弾する意図はない。話題を変えた。

「高校時代の宮城さんは、どういう生徒でしたか」

譲り合うような間があって、元部長の大和田が答える。

「おとなしい印象でした。生来の性格のおとなしさが音にも表れてしまっていると、よく貝沢先生に注意されていました。普段からおしゃべりである必要はないけど、演奏のときにはきちんと自己表現しないと伝わらないって」

そうだった、そうだったよねえと、記憶を確認し合っている。

「宮城さんが高校を辞めようとしたけど、貝沢先生に説得されて思い留まったという話は、ご存じですか。宮城さんの自宅にまで足を向けて、相談に乗っていたそうですが」

知らないようだ。一同が戸惑ったように互いを見合う。

やがて口を開いたのは、金子だった。

「その話は初耳ですけど、きっと本当だろうと思います」

「いまのいままでおれたちがその話を聞いていなかったってところを含めて、いかにも貝沢先生らしいエピソードだよな」

藤本は恩師を懐かしむ口調だ。

「自分が大人になってみると、あらためて貝沢先生のすごさがわかった。普通、あそこまで親身になれないよ」

大和田の意見に、残る二人の女性が頷く。

「吹部ノートも、毎日読んで全員ぶんに返事書いてたしね」

須磨が言い、金子が説明してくれる。

「毎日の練習メニューや課題、目標なんかを日記みたいに書くノートを一人ひとりつけさせられていたんです」

「毎日記入するのが面倒だったけど、よく考えたら、全員に返事を書いていた貝沢先生のほうが大変なんだよな」

自らが教職に就いたことで、遠藤にはとくに実感が強いようだ。

「いい先生だったよ。善人ほど早死にするって、本当なんだな」

藤本の言葉に、空気が湿り気を帯びる。

聞きたい話はあらかた聞いた。そろそろ事情聴取も終わりにしようかと考え始めたそのとき、音楽室につながる引き戸が開いた。

部屋の出入り口に立っているのは、ショートボブで凛としたたたずまいの少女だった。澤山和音。フルート担当で、鳴海がいいと言っていた生徒だ。

「失礼します」

澤山は後ろ手に引き戸を閉め、こちらに歩み寄ってきた。

「澤山。どうした」

眉を持ち上げた遠藤が、教師の顔になる。

「なにかあったら来いとおっしゃっていたので」

「うん。なにがあった？」

少女は顧問の教師から、鳴海へと視線を移した。

「手を抜かないでって、どういうことですか」

そういえばさっき、鳴海が澤山にそう告げていた。

「澤山。鳴海さんはお忙しい――」

遠藤の声に耳を貸すつもりはいっさいないという感じで、澤山が椅子に腰掛けた鳴海を見下ろす。

「このまま帰らせてしまうと、次にいつお会いできるかわからないので、いまのうちにお話をうかがいたいと思いました。どうしてあんなことを言ったんですか」

「あなたが手を抜いているから」

鳴海は平坦な声音だった。

「手を抜いていません」

「バンド全体のレベルが低くて、本気で演奏したらあなたのフルートだけが突出してしまうから、わざと下手くそに吹いている」

「えっ……？」

遠藤は目を剝《む》いて驚いている。

「そんなことしていません」

「それなら自覚なくやってる」

澤山がむすっと唇を曲げる。当初の印象通り、かなり気の強い生徒のようだ。

全身から湯気が立ちのぼりそうな少女に相対する鳴海は、あくまで自然体だ。

「このバンドで全国大会なんて行けるわけがない。遠藤先生の言っているのは絵空事だ。バカバカしい。先生に乗せられてその気になっている部員もいるけど、私は違う。このバンドの実力はわかっている。いくら頑張っても全国なんて無理。だから頑張るなんて無駄。そう決めつけて、わざと手を抜いて演奏している。あるいは、ほかのフルートの子たちが足手まといになっていると負い目を感じないよう、わざと自分の演奏レベルを下げて足並みを揃えている。違う？」

澤山はかすかに顔を歪めた。指摘は当たっているらしい。

「下手な人たちに合わせてあげるのがやさしさだと考えているのなら、それは間違っている。あなただけ技術が突出しているのなら、あなたがほかの部員をリードして、バンド全体のレベルを引き上げてあげるべきじゃないかな。その過程で、もしかしたら衝突や摩擦《まさつ》が起こるかもしれない。でも、だからって仲良しこよしを続けていたって、いつまで経っても上手くならない」

「わかったような口を利かないで」

「こら、澤山！」

顧問の教師に叱られても、澤山は一歩も引かない。

しばらく少女と見つめ合っていた鳴海が、意外な言葉を吐いた。

「あなたは、私と同じなのかな」

「なにそれ」

澤山も虚を衝かれた様子だ。

「音楽は好き、だけど嫌い。最初は、上達していくのが楽しかった。でも、厳しい指導で嫌いになりそうになった。あなたの中には、音楽を好きという気持ちと、音楽を嫌いという相反する感情が存在している。本当はレベルアップして上手くなりたい。そのほうがぜったいに楽しいのは、ほかの部員よりも上手なあなたにはよくわかっている。だけど、そのために厳しい指摘をしたり、苦しいトレーニングをすることで、人間関係を悪くしたくない。それによって、友人たちを音楽嫌いにさせたくないから」

途中から、澤山の唇は怒りに震えていた。

「無理だし」そこからは語気を強める。「あのレベルで全国大会を目指すなんて、ぜったいに無理だし。頑張るだけ無駄だし」

「先生がそこで話聞いてるよ」

鳴海が遠藤を一瞥《いちべつ》する。

「いても関係ないし。私はそう思ってるから。この部活なら変に目標を高く持ったりするせいでギスギスする心配もないし、楽しくやれると思ったから入ったの。下手くそでも楽しければかまわないの」

「下手くそでもかまわないっていうのと、あえて下手くそでいるというのは、次元の違う話だと思うけど」

「どうでもいい。私があえて下手に吹いてることに気づかなければ、私はただの下手なフルートなんだから」

教え子があえて爪を隠しているのを見抜けなかった遠藤は、愕然とした様子だ。

鳴海が言う。

「でももう、まわりのみんなは下手でかまわないとは思っていない。全国大会出場を、本気で目指すようになった」

「それが余計なことだって言うの」

「ほかの部員に訊いてみたらいい。下手くそなまま仲良しクラブでいたいのか、それとも衝突や軋轢《あつれき》が生まれたとしても、高みを目指したいのか」

澤山は言い返せない。音喜多にすら、結果はわかりきっていた。

鳴海が軽く顎を持ち上げる。

「意見の衝突や摩擦は、けっして気持ちのいいものではない。けれど、それを恐れていては、見えない景色がある。見えない景色を見てみたいと一致団結することで、生まれる絆《きずな》がある。いまのあなたは、高みに昇ろうとする仲間たちの足を引っ張っている。しかもたちが悪いことに、周囲の誰もそのことに気づいていない」

澤山がはっとした様子で顔を上げた。

「ただ問題が起きないように気をつける間柄って、本当の友達ではないと思う。もう少し友達を信じてみても、いいんじゃない？　勇気を出して歩み寄ってみたら、きちんと応えてくれるかもしれないし、これまで以上に絆が深まる可能性も――」

「うるさいっ！　あなたになにがわかる！」

話を遮るように大声を上げ、澤山が背を向ける。

「こら、澤山！」

顧問の教師が呼び止めるのも聞かず、音楽準備室から出て行った。

2

見山高校を出た後すぐ、道警組対課の高梨に連絡を入れた。貝沢の息子の自殺について、資料が残っていれば見せて欲しいと依頼するためだった。高梨は快諾し、資料が見つかったら連絡すると応じた。

次に音喜多と鳴海は、大和田たちから教えてもらった貝沢の住まいを訪ねた。見山高校からタクシーで十五分ほど走った小高い丘の上に立つ、五階建てのマンションだった。近くで見ると外壁が剝がれている部分もあり、建てられてからそれなりに時間が経っているのがわかる。

大和田たちは、貝沢家の部屋番号までは記憶していなかった。ただエレベーターに乗ったと話していたので、少なくとも一階ではない。

まずは集合ポストを確認する。貝沢という名前は見当たらない。入居者名の記載のない部屋を上層階からしらみつぶしに訪ねてみることにした。

最初に訪ねた五階の部屋の入居者は、若い夫婦のようだった。当然ながら貝沢ではないし、二年前に入居したため、貝沢と面識もない。

次に四階におり、インターフォンの呼び出しボタンを鳴らしてみる。

出てきたのは、八十歳ぐらいの白髪の女だった。戸《と》川《がわ》澄《すみ》江《え》という白髪の女性は、もう三十年近くこのマンションで暮らしているという。貝沢の妻がこのマンションに住んでいないかと訊ねたら、十六年ほど前に引っ越して出て行ったという。貝沢一家は隣の部屋に住んでいて、親しくしていたらしい。引っ越し先までは知らないが、貝沢一家について話を聞かせてくれることになり、自宅に上げてくれた。

建物自体は古くなっているものの、戸川の部屋自体は綺麗《きれい》に整理整頓されていた。広めの３ＬＤＫという間取りは一人暮らしには広すぎるように思ったが、もともとは夫と二人で暮らしていたそうだ。

「夫がなくなってから引っ越すことも考えたけど、この年で引っ越しっていうのも大変だし、この家で夫と過ごした思い出も大切にしたいからね。病院にも近いし。だから、ここを終《つい》の棲《す》み処《か》にすることにしたの」

湯気の立つ湯呑《ゆの》みをテーブルに並べながら、戸川は目尻の皺を深くした。

「貝沢さんとは、家族ぐるみの付き合いだったのですか」

音喜多はいただきますと礼を言い、湯呑みを持ち上げた。鳴海は猫舌なのか、湯呑みに口をつけては引っ込め、という動作を繰り返している。

「そうね。貝沢さん一家が越してきたのは、ちょうどうちの人が脳卒中で倒れて、入退院を繰り返すようになったころだったかしら。うちの人が入院して私一人になっているのを気遣ってくれたのか、作りすぎたからっておかずを持ってきてくれたりしました。すごく感じが良くてやさしい一家でした。以前は借家住まいだったんだけど、思い切ってマンションを購入したから、私もパート勤めに出ないといけなくなっちゃったって、奥さんが話していました」

「このマンションは分譲なんですね」

「そう。だからいちおう、財産ってことになるの」

音喜多は部屋を見回した。片付けられた部屋だが、よくよく観察すると女性の一人暮らしではあまり見かけないような、釣り具やゴルフバッグなどの荷物が散見される。

音喜多の視線に気づいたらしく、戸川が言う。

「あの人が好きだったの。病気で倒れるまでは、休みのたびにあちこち出かけるような、落ち着きのない人でした。元気なときには休みなのに家族をほったらかしにしてって忌々しかったけど、病気になってからはいつかまた元気になって遊びに出かけてほしいと願うようになり、亡くなってからはあの人の思い出が詰まっている気がして、捨てられないんです」

「そうでしたか」

貝沢夫妻も、マンションを購入した時点では、ここを終の棲み処にしようと考えていたのだろうか。

「幸せってね」ぽつりと、老婦人が呟く。

「そのときには気づかないのよね。後で振り返ってみて、あのときが人生でいちばん幸せだったかもしれないって思うの。でもそう考えると、苦しくなるのよね。それならその後の私の人生、なんの意味があるのだろう。なんのために生きているのだろう。いっそいちばん幸せだったあの瞬間に、人生の時計が止まっていればよかったのにって……そう考えちゃうの。休みの日なのに早起きして、さっさと身支度を済ませてゴルフに出かけるあの人を、ぶつぶつ文句を言いながら見送ったあの瞬間って、いま思えば幸せだった。でもそのときには気づかなかった。知ってれば違う反応もできたのにね」

　少しだけ空気が重くなる。

「ごめんなさい。変な話しちゃって。普段話し相手がいないものだから、つい口数が増えてしまうの」

戸川が気を取り直すように言った。

「いいえ。かまいません」

「ほんと。あのときああしていれば……っていう後悔の積み重ねですね、人生って」

鳴海が神妙な顔で言うと、戸川が噴き出した。

「あなた、この中でいちばん若いじゃないの。いくらでも取り返し利くわよ」

「そっかな」と鳴海が頭に手をあてる。

おかげで少し空気がほぐれた。

「貝沢さんの奥さまがパートに出ていた、という話の続きですが」

「パート先は支笏湖《しこつこ》通りのスーパーです。共働きで大変そうだったけど、すごく幸せそうだったんですけどね」

「貝沢さんの息子さんが自殺したと聞きました」

音喜多が言うと、小さな頷きが返ってきた。

「本当に驚きました。大輝くん、活発というほどではないけど、会えばニコニコ笑いながら挨拶してくれるし、身体に気をつけなよって心配してくれたり、すごくいい子だったのに」

「自殺の原因はわかっているのでしょうか」

戸川はかぶりを振った。

「いいえ。遺書なんかも見つからなかったし、はっきりした原因はわからなかったようです。ただ、お父さんは自分に責任があると思ったみたいです。あ、貝沢さんの旦那さんは、勤務先の高校で吹奏楽部の顧問をなさっていたんです」

「存じ上げています」

音喜多は頷いた。

「その吹奏楽部が、創部以来初めての全国大会出場をはたしたことは？」

戸川が訊き返す。

「承知しています」

「やっぱり、無名の学校を全国大会にまで導くというのは並大抵のことではないらしくて、遅い時間や休日にまで生徒さんの指導をしたり、部活中心の生活になってしまっていたようなんです。そのせいで大輝くんへの愛情が足りなくなった……というわけではないけど、中学三年生で難しい年ごろですからね」

少し躊躇《ちゅうちょ》する間があって、戸川が続ける。

「実は、大輝くんが亡くなる少し前、一週間か二週間ぐらい前だったと思います。壁越しに大きな声が聞こえてきたことがあったんです」

音喜多と鳴海は互いの顔を見合った。

「それは……貝沢さんのお宅から、ということですか」

「そうです。お父さんが息子さんを叱っていたようでした。それまで、そういうことはなかったんです。旦那さん、すごく朗らかで、声を荒らげる姿を想像すらできないような人でしたから」

「どういった内容か、覚えていらっしゃいますか」

「いいえ。そのときは細かい内容まで聞き取れませんでした。ただ、翌日ばったり奥さんと会って、昨夜はうるさくしてすみませんと謝られました。そのときに原因を聞きました。どうやら大輝くんが学校を何日かサボっていたそうです。それだけでなく、所属していた吹奏楽部に、なんの相談もなく退部届を出してきたという話でした」

「大輝くんも吹奏楽をやっていたんですか」

「ええ。お父さんも学生時代は吹奏楽をやっていて、高校でも顧問として熱心に指導してらっしゃいましたから、憧れたんじゃないでしょうか。トランペット？　……でしたっけ、そういう楽器をやっていて、練習の音が聞こえてきたりもしました。お母さんからはよく謝られましたよ。音が出ないような装置をつけているんだけど、完全に音を消すことができるわけではないんですってね。でも夜中に演奏していたわけでもないし、気にしないでって応えていました。大輝くんは高校に入学したら吹奏楽部に入って、お父さんと一緒に全国大会に行くんだって、私にもよく話してくれました」

「それなのに、辞めてしまったんですね」

鳴海の微妙な表情は、音楽を続けるべきか自らも葛藤《かっとう》を抱えているせいかもしれない。

無断で吹奏楽部を辞め、父親と激しく衝突した一週間か二週間後、息子は飛び降り自殺した。父親の指導する吹奏楽部が全国大会の晴れ舞台で演奏した、その日に。

病気が理由でなくても、吹奏楽部の顧問を辞したくなりそうな経緯だ。

「大輝くんが自殺した原因はわかりません。ただ、そういう背景があったので、貝沢さんの旦那さんは自分のせいだと考えたようです。気持ちはわかります。自分を責めたくなりますよね。もともと闘病していらっしゃったみたいですけど、全国大会直後に病状が悪化したのには、大輝くんの死が大きく関係しているのは間違いないと思います」

戸川家を辞した後、マンションをしらみつぶしに訊いてまわった。古くからの住人で貝沢一家のことを覚えている者はいたが、戸川から聞いた以上の情報はえられなかった。そしてちょうどマンションの全戸を訪問し終えたころ、高梨から電話がかかってきた。二十年も前の案件なので、資料は見つからなかったという。おそらくはすでに破棄されたのではないか、という話だった。想定内の結果だ。

音喜多たちは、古溝裕樹と貝沢大輝が通っていた桜木中学校に行ってみることにした。

3

苫小牧市立桜木中学校は、かつて貝沢一家が暮らしていたマンションから十五分ほど歩いたところにあった。

校門をくぐって敷地に入ると、校舎の向こう側に黄色い重機が見えた。なにかの工事をしているらしい。

受付で身分を明かし、事前に電話で用件を伝えていた旨を告げると、通されたのは校長室だった。当時の吹奏楽部顧問が、いまや校長になっているらしい。

校長室で刑事たちを出迎えたのは、肩まで髪をのばし、やわらかい笑みを湛えた五十代中ごろの女だった。女は「校長の加藤春江《かとうはるえ》です」と自己紹介し、ソファの向かい合った応接スペースに二人を誘導した。

「うるさくて申し訳ありません」

ソファに腰をおろしながら、加藤は窓のほうを一瞥した。

「なんの工事ですか」

音喜多はソファの座面に手を触れる。ときおり、地震かと思うほどの振動が伝わってくる。

「改築です。旧校舎を取り壊して、新しく校舎を建てているんです」

一から新校舎を建てるのなら、大がかりな工事になるのも当然だ。

「生徒たちには不便をかけることになって、心苦しいのですが」

加藤が軽く肩をすぼめる。

「そっか。新しい校舎が出来るまでの間、教室が使えなくなりますね」

鳴海も窓のほうを見つめていた。

「ええ。うちの学校は西校舎と東校舎の二つに分かれていて、今回取り壊したのは西校舎のほうで、東校舎——この校長室も東校舎なんですが、単純に教室の数が半分になってしまいます」

「それで回せるものなんですか」

音喜多は疑問をぶつけた。

「校庭にプレハブの仮設校舎を建てて、なんとかやりくりしている状況です」

「そうすると今度は校庭が使えませんね」

鳴海の指摘に加藤が苦笑する。

「体育の授業や部活などは、外部の公園や体育館などを利用させてもらっています」

「それは大変だな」

「大変です。完成は来年の予定なので、しばらくは我慢です」

「吹奏楽部の練習場は確保できているんですか」

鳴海の質問に、加藤は笑顔で頷いた。

「音楽室は東校舎にあるので、吹奏楽部は大丈夫です」

「いまも先生が指導を？」

音喜多が確認すると、かぶりを振るしぐさが返ってきた。

「いいえ。いまは若い音楽の先生にやってもらっています。私なんかより、ちゃんと経験のある方に指導してもらったほうが、生徒にとってもいいでしょうし」

「先生ご自身に吹奏楽の経験は？」

「ありません。右も左もわからない状態だったので、最初は本当に困りました。指導するなんていっても、私がいちばん詳しくないような有様だったので。だから私が指導するというより、上級生が、自分が教わってきたことを下級生に伝える、という感じで、ほぼ生徒に任せきりでやっていました。頼りない顧問だったと思います。私なりに詳しくなろうと思って勉強もしたのですが、たったの二年では、人に教えられるレベルには到底達するわけもありませんし」

「二年で顧問を辞められたんですか」

「転勤になったんです。あちこちの中学校を転々として、昨年度からこの学校に戻ってきました」

そういうことか。

加藤がソファに座り直し、あらたまった口調になる。

「古溝くんのことを聞きたいという話でしたね」

「そうです。貝沢大輝くんのことも――」

「少しお待ちください」

加藤は立ち上がり、そばにある執務デスクに向かった。デスクの上には五、六冊のノートが積んである。それらを両手で抱え、運んできた。

どさり、とガラス製のローテーブルに置かれたノートの表紙には『吹部ノート』とマーカーで書かれていた。表紙の下のほうには、『古溝裕樹』という名前も見て取れる。

「これは……？」

音喜多は加藤を見た。

「古溝くんの代が三年生のときの吹部ノートです」

ということは、二十年も前のものだ。それにしては日焼けもないし、劣化が少ない。

加藤が種明かしをする。

「校舎の建て替え工事をすることになり、敷地内にある石碑の移設も必要になったんです。その石碑の移設を行おうと、業者さんが地面を掘り返した際に、タイムカプセルが出てきたらしくて」

「そういうことでしたか」

太陽光に晒《さら》されていないのなら、日焼けしないのは当然だ。やや紙がくたびれた感じなのは、地中の湿気を吸ったせいだろうか。

「当時の吹奏楽部三年生でタイムカプセルを埋めようと、どうやら私が提案したようなんです。他人事みたいなのは、そのことをすっかり忘れてしまっていたからなんですが……実際に生徒の吹部ノートにそう書かれているから、間違いないのでしょう」

「拝見しても？」

「もちろんです。そのためにお持ちしましたから」

音喜多は古溝の吹部ノートを開いた。

日々の練習メニューや、自分なりの課題などが書き込まれ、それにたいして顧問の加藤と思われる別人の文字が、赤いペンで数行書かれている。

「古溝さんは、部内でもリーダー的存在だったようですね」

「ええ。いつも明るく声をかけてくれて、みんなを盛り上げるムードメーカーでした。正直なところ、記憶が薄れて当時の生徒の名前をすべて思い出すことはできないのですが、古溝くんのことは、すごく印象に残っています。私自身、経験がほとんどない中での顧問だったので、彼に頼り切りでした」

ノートに綴られた文面からは、吹奏楽コンクールに向けて自分が部員たちをまとめ上げなければならないという責任感が伝わってきた。四月から始まった記録は、八月に控えた吹奏楽コンクールの地区予選が近づくにつれ、リーダーの抱える苦悩と不安が色濃くなっていく。

しかし残念ながら、地区大会で好成績を残すことはできなかったようだ。それまで優等生に徹していた抑制の利いた文章が、地区大会当日と思われる日だけ、悔しさを爆発させるような感情的な文章になっていた。シャープペンシルの筆圧も、その日だけ強い。

――高校でリベンジ！　ぜったいに全国！

そんな言葉で締めくくられていた。

ところが、翌日からはふたたび優等生に戻る。それまで膨らみ続けていた苦悩も薄れ、どこか解放感にあふれているようだった。コルネットを演奏するのが毎日、楽しいという文言も見える。プライベートについても綴られるようになり、顧問教師との交換日記を楽しんでいるようで微笑ましい。

「うちの学校の吹奏楽部では、三年生は文化祭の定期演奏会を最後に引退します。もうコンクールがないから、ピリピリする必要がなくなったのでしょう。彼は彼で、気を張って頑張っていたんですね」

加藤も古溝がすでにこの世の人でないことは、当然知っている。過去を懐かしむように遠い目をした。

ノートが白紙のページになる。それまで毎日のようにつけられていた記録が、十月の初旬を最後に止まっていた。記録の最後には、コンクールで思うような結果を出せなかった無念と、定期演奏会まで二年半の部活を終えた達成感と寂しさ、来る高校生活に向けての希望が綴られていた。

音喜多はノートを閉じた。

「ほかの生徒さんのものも、いいですか」

「かまいません。ただ、ここにあるのが全員ぶんではありません。業者さんがタイムカプセルを掘り起こしてから、いまでも連絡の取れる卒業生たちには来てもらって、ささやかなタイムカプセルの開封式を行ったんです。とはいえ、二十年も経つとみんな引っ越したりして連絡が取れなくなっている生徒ばかりで、三人しか集まらなかったんですが」

「その三人の連絡先、教えていただけますか」

「もちろんです」

加藤がスマートフォンを操作し、教え子の連絡先を表示させる。音喜多はスマホのカメラでそれを撮影した。

隣でノートをめくっていた鳴海が、ふいに顔を上げた。

「貝沢大輝くんのノートは、ないんですか」

「そこにないなら、ありません」

「でも貝沢大輝くんも吹奏楽部に所属していたから、吹部ノートをつけていたはずですよね」

「吹奏楽部に所属していたのだから、間違いないと思います」

「貝沢大輝くんが自殺したときのことを、覚えていらっしゃいますか」

「もちろんです。最初は、マンションの屋上から中学生ぐらいの少年が転落して亡くなったらしいという曖昧な情報しかなかったんです。うちの生徒でなければいいなと心配していたら、元吹奏楽部の生徒だとわかって、目の前が真っ白になりました」

「知っている生徒でなければ、どうだったんですか」

「え？」と加藤が鳴海に訊き返す。

「少年が転落して亡くなった事実は変わらないのに、知らない生徒だったら、自分の勤務する学校の生徒ではなかったらどうだったんですか。ほっとしたんですか」

「鳴海」止めようとしたが、無駄なのもわかっている。

「そこにないなら、ありません。吹奏楽部に所属していたのだから、間違いないと思います。さっきから聞いていると、すごく他人事みたいです。目の前が真っ白になったのも、元吹奏楽部の生徒だったからで、前途ある若者の未来が奪われたからではないんですね」

　まったくの同感だが、いま口にするべき言葉ではない。

　鳴海は手にしていたノートを広げた。

「このノートも、古溝さんには親身になって長文で返事を書いているのに、ほかの生徒さんには一言二言で済ませています。指導者、教育者にしては、好き嫌いがはっきりし過ぎているんじゃありませんか」

「そんなことはありません」

加藤の目尻が吊り上がる。

鳴海は挑発するように、何冊もノートを開いてみせた。

「古溝さんにたいするのと、ほかの生徒さんへの返事の長さは、明らかに違います」

「そ、それは……」

「それはなんですか。えこひいきを正当化する言い訳があるなら、教えていただけますか」

「鳴海。よせ」

肩に手を置こうとすると、振り払われた。

しばらく重たい沈黙が落ちた。

やがて顔を上げた加藤の目には、鳴海への明らかな怒りが見て取れた。

「群れを従わせるのには、ボス猿を手なずけるのが一番です。楽器の経験もない私が生徒からの信頼を獲得するためには、古溝くんを押さえておく必要がありました」

「それは信頼を獲得したのではありません。気の弱い生徒は権力のある人間に逆らえないから、口を噤む以外なかっただけです」

「あなたにはわからないでしょう。思春期の子どもたちの難しさが」

「難しいから、一人ひとりときちんと向き合わなければいけなかったんじゃないですか」

「部外者なら無責任に好きなこと言えますね」

「無責任なのはあなたです。このノートを見たら、古溝さん以外はその他大勢にしかなっていない。こんなんじゃ、ほかの生徒は悩みを抱えていても相談しようとは思えません」

「まるで私が原因みたいな言い方ですね」

「まったく原因がないとお考えですか」

「あの子が自殺したのは、吹奏楽部を辞めた後です」

「吹奏楽部を辞める前には、悩みを抱えていなかったとでも？」

「部を辞めたいと言い出したときに引き留めたし、理由を聞こうとしました。けれど彼は最後まで話してくれませんでした」

「それまでに信頼関係を築けていなかったからじゃないですか」

「私のせいだって言うの？」

「わからないし、たしかめるすべはありません。大輝くんはもうしゃべれませんから」

「鳴海。言い過ぎだ」

鳴海の腕を取り、強引に立ち上がらせた。

「なんなんですか。どうして二十年も前の出来事で、そんなふうに言われないといけないんですか」

「二十年経ったらご自身の罪は薄れるんですか」

「罪ですって？」

加藤のこめかみには血管が浮き出ている。

「すみません。ご協力、ありがとうございました」

音喜多は深々と頭を下げ、抵抗する鳴海を部屋から押し出した。

4

貝沢の妻がパート勤務していたというスーパーに足を運んでみることにした。

戸川の話では支笏湖通りという情報しかなかったが、幸いなことに支笏湖通りにはスーパーが一軒しかなかった。店を訪ねて当時のことを知る従業員はいないか訊ねると、店ではもっとも古株のパート店員が、貝沢の妻を覚えていた。貝沢勲の妻・美智子はすでに店を辞め、市内のアパートで一人暮らしをしているという。連絡先を知っているというので、面会したい旨を伝えてもらい、アポイントを取り付けることに成功した。

貝沢美智子が住むアパートは、スーパーから二十分ほど歩いた住宅街にあった。

音喜多が対面した彼女の第一印象は「老婆」だった。宮城たちの代の卒業アルバムに載っていた貝沢勲は、三十代から四十代くらいに見えた。妻も同年代と考えると、現在はせいぜい五十代から六十代くらいのはずだ。だが頬の肉がげっそりとそげ落ち、生気の感じられない瞳で訪問者をいぶかしげに見上げる姿は、八十代くらいに見えた。

「どうぞ。上がってください」

声を聞く限りでは、やはり五、六十代なのだろう。

部屋は狭いキッチンと六畳の居室という間取りだった。とくに生活が荒れている雰囲気はなく、片付いている。なにより目につくのは、部屋に入って正面の位置に据えられた小さな仏壇だった。仏壇の前にはフォトスタンドとともに、位牌が二つ並べてある。フォトスタンドの写真では、スーツ姿の貝沢勲と並んで、学生服の少年がはにかんだ笑顔を浮かべていた。この少年が貝沢夫妻の息子、大輝だろう。顔立ちは父親と母親、どちらにも似ている。

「それは中学校入学のときの写真です」

音喜多の視線に気づいたらしく、美智子が説明する。父子の背景には校門と校舎が写っていて、門柱に掲げられた銘板には『苫小牧市立桜木中学校』とある。この時点での父子は、二人で写真を撮られることへの照れがうかがえる距離感だが、けっして仲が悪そうには見えない。大輝についてもさっぱりとした短髪で、学生服を着崩すこともなく、むしろ生真面目な学級委員タイプに見えた。だからといって、親に反抗しないというわけではないのだろうが。

「お茶でいいですか」

「おかまいなく」

「ありがとうございます」

鳴海と声が重なった。一瞬動きを止めた美智子が立ち上がり、キッチンに消える。ほどなく、とくとくとくとポットから湯を注ぐ音が聞こえてきた。

美智子が湯呑みを載せた盆を持って戻ってくる。

「お忙しいところすみません」

音喜多が湯呑みを手にしながら言うと、美智子は自嘲《じちょう》気味の息を漏らした。

「忙しくなんかありません。生活保護で暮らしている身ですから。時間なら有り余っているんです」

膝を揃えた上に盆を立て、もう一度、長い息をついた。

「身体は健康なはずなんです。でも、どうしても仕事をする気力が湧いてこなくて。スーパーを辞めた後もいくつか仕事をしてみたけど、どれも長続きしませんでした。マンションも一人で暮らすには広すぎて、いろいろ思い出してつらくなってしまうのもあって手放して…… いまはこんな暮らしです」

息子と夫を相次いで亡くし、心が参ってしまったのだろう。無理もない。

「今日は、どういったご用件で？」

音喜多は姿勢を正した。

「息子さんの中学時代の同級生で、古溝裕樹さんという方をご存じですか」

「古溝……」言葉の響きをたしかめるように呟き、美智子は首をかしげた。

「さあ……なにぶん、昔のことなので」

「先日、亡くなりました」

美智子はわずかに目を見開いて驚きを示した。「そうですか」

「マンションの屋上から転落したんです。我々は、古溝さんが何者かによって突き落とされたと考えています」

「かわいそうに」自分の息子の記憶と結びつけたのだろうか、美智子が痛ましげに目を閉じる。やがてまぶたを開いた。

「そのことと私に、なんの関係が？」

「貝沢勲さんの指導されていた見山高校吹奏楽部の部員だった、宮城和雄さんという方を、ご存じありませんか」

「宮城……」先ほどと同じように呟き、今度はかぶりを振った。

「ごめんなさい。吹奏楽部の子たちと直接会うことはなかったので。夫から話を聞かされてはいましたけど、生徒さんの名前までは覚えていません」

それは当然かもしれない。話に聞くだけなら、よほどインパクトがないと名前まで覚えていられない。

「その宮城さんが、古溝さんが亡くなった件に関係しているのですか」

「その可能性があると考え、宮城さんの行方を追っています」

美智子は古溝も宮城も知らない。この場で両者のつながりが見つかることはなさそうだ。

「中学時代、大輝さんが親しかった友人の名前など、わかりませんか」

眉間に皺を寄せ、美智子がかぶりを振った。

「何人かいたと思いますが、名前が出てきません。たしか、ケンちゃんというニックネームの子がいたような……」

「ケンちゃん、ですか」

ケンイチ、ケンジ、ケンゴ、ケンスケ、あるいはケン。無数のバリエーションが存在するのでヒントとしては弱い。

「もう少し、思い出せませんか。なんでもかまわないので」

音喜多は思わず鳴海のバッグを見た。そこには加藤から借りてきた、桜木中学校の卒業アルバムが入っている。写真を見れば記憶が喚起されやすいだろうが、美智子にそれを要求するのは酷だとも思う。本来は、彼女の愛息も載るはずのアルバムだったのだ。

美智子があっ、という顔をする。なにかを思い出したようだ。

「ケンちゃんの家は、たしか双葉《ふたば》町だった気がします。お父さんが信用金庫勤めだったような」

「ありがとうございます」

だいたいの住所がわかればじゅうぶんだ。後でアルバムの住所録と照合すればいい。

「ごめんなさい。息子の仲のよかった友達のことなんだから、もっとはっきり思い出すべきなのに」

「いいえ」

あえて思い出さないようにして、意図的に記憶を封印してきたのかもしれないと、年齢以上に老け込んだ彼女を見て思う。

「もしかして、あのコルネットって？」

鳴海はカラーボックスの横に立てかけられたハードケースを指さした。全体が銀色で、アタッシェケースを分厚くしたようなかたちをしている。

「あれがコルネットだとよくわかりましたね。吹奏楽、やってらっしゃったんですか」

美智子は驚いているようだった。

「いいえ。私は声楽です。でもコルネットをやっている友人もいるので」

「そうでしたか」と、美智子は微笑を浮かべた。

「あのコルネットは息子のものです。中学に入るとき、吹奏楽部を選んでくれたのがよほど嬉しかったんでしょう。貝沢が息子に買い与えました。高校までに頑張って上達して、一緒に全国大会を目指そうって。大輝も喜んでいて、毎日のように練習していたのに」

当時の記憶がよみがえったらしく、美智子の瞳にうっすらと涙の膜が張る。

「大輝さんは亡くなる前、吹奏楽部を辞めたとうかがいました」

「ええ。驚きました。本当に突然のことだったんです」

「理由は？」

美智子はかぶりを振った。

「わかりません。吹奏楽に興味がなくなった、と繰り返すだけで、でもその数日前まで、全国大会を観に行くのを楽しみにしていたんです」

「見山高校吹奏楽部の演奏を、観に行く予定だったんですか」

「はい。夫が何年もかけて辿り着いた夢舞台ですから、私と息子も航空券を取って、ホテルも予約していました。それなのに……」

「キャンセルしたのですか」

「そうです」

あらためてショックを受けたように、美智子が悲しげな顔になる。

「ちなみに遺書などは……」

質問を予測していたかのように、言葉がかぶせられた。

「ありません。夫が全国大会に発つ少し前に、息子が吹奏楽部を辞めたことと、それによって父子関係が少し気まずくなったこと、息子が死を選んだ日が、夫の指導する吹奏楽部が全国大会で演奏したのと同じ日だったことから、父親の気を引くための、いわゆるためし行動だとか、喧嘩した父親へのあてつけだったのではないかと言われました。あるいは、吹奏楽部の生徒たちに親身になるあまり、我が子に目を向けなさ過ぎたのでは、とも」

「警察がそう言ったのですか」

がくりとうなだれるような頷きだった。

「その口ぶりだと、警察の見立てを信じていらっしゃらないようですね」

鳴海の言葉に、美智子は曖昧に首をかしげる。

「そういうわけではないですが、どうにも納得いかなくて……信じていないというより、いまだに受け入れられないと言いますか。大輝はお父さんのことが大好きだったし、お父さんと一緒に全国大会に出場するのを目標にしていました。あの人が——勲さんが生徒の私生活について相談に乗ったりする姿も、ヒーロー視していたと思います。生徒さんに嫉妬するような素振りもなくて、夫からよく話を聞く先輩たちのことを、お兄ちゃんやお姉ちゃんのように捉えているようでした」

「楽器のトレーニングを強制したことは？　実際に強制はしなくても、トレーニングをサボることができないような雰囲気があったとか」

「それはないです。大輝が中学に入るときも、夫は運動部に入ったらどうだと勧めていたぐらいで。大輝が自主的に吹奏楽部を選んでくれたのを、とても喜んでいました」

美智子がコルネットのケースを見る。

「大輝くんが吹奏楽部を辞めたとき、ご自宅から勲さんが大声で叱るような声が聞こえたという、ご近所さんの証言がありました」

鳴海は告げた。

「それは」と、美智子が不本意そうに顔を上げる。

「学校を何日かサボっていたし、吹奏楽部の退部届を出すのにも、まったく相談がなかったのを叱ったんです。息子が部活を辞めたのを叱ったのではなく、事前に相談もなかったし、理由を訊ねても、吹奏楽が嫌いになった、の一点張りでしたし……あのときも夫は、吹奏楽を続けさせようとしていたわけではありません。最後の定期演奏会を前にして辞める理由を知ろうとしただけだし、演奏会直前に奏者が辞めるということが、ほかの部員にどれだけ迷惑をかけるのかを諭そうとしていたのです」

「大輝くんが吹奏楽部を辞めたのは、定期演奏会直前だったんですね」

「そうです。文化祭での定期演奏会が終われば、三年生は引退します。高校で吹奏楽を続ける生徒は継続して練習に参加してもいいことになっていましたけど、強制ではありませんでした。たとえ吹奏楽が嫌になったとしても、わざわざ辞める理由なんてなかったんです」

「大輝くんが自殺したのには、警察が考えるのとは別の理由があったとお考えですね」

　音喜多の顔を見てから、美智子が視線を落とす。

「難しい年ごろなのは間違いなかったし、あの子のすべてを理解していたとは思いません。それでも、あの子が吹奏楽を愛していて、あの子にとって父親はヒーローだった。喧嘩することはあっても、変わることなくヒーローであり続けた。そう信じたいだけかもしれません」

「勲さんは闘病しながら吹奏楽部の指導にあたっていたそうですね。病気のことは、息子さんには？」

「話していませんでした。ただ、定期的に通院していたので、もしかしたら薄々勘づいていた可能性はあります。なんでも話せる家族のつもりだったのに、みんな隠し事をしていて、まったく理解し合えていなかったのかもしれませんね」

　自嘲の笑みが漏れる。

「家族なんて同じ家に住む他人です。理解できないことを恥じる必要なんてありません」

　鳴海の発言に、美智子は虚を衝かれたようだった。

　鳴海はコルネットケースに視線を向ける。

「楽器を見せていただいても？」

唐突な申し出に戸惑ったようだが、とくに断る理由もない。美智子は承諾した。

「どうぞ」

「ありがとうございます」

鳴海はハードケースを手にした。ケースを横にし、二か所ある引っ掛け錠を外して蓋を開ける。

金色のコルネットが、黒いスポンジの保護材に埋もれていた。

鳴海がコルネットを両手で持ち、しげしげと観察する。

「しっかり手入れされていますね」

「管楽器のことはよくわからないので、ときどきクロスで磨き上げる程度しかできないのですが、放っておくと錆《さ》び付いてしまうので」

「すごいです。たぶんこれ、いま吹いても二十年前と同じくらい鳴ると思う。きっと大輝くんも、大事に使っていたんでしょうね。このコルネットを見たら、吹奏楽を嫌いになったというのは、ちょっと信じられません」

美智子の頬が嬉しさを堪えきれない感じでわずかに緩む。

「大輝くんの吹部ノートは、残されていないのですか」

ふいに思い出したような、鳴海の問いかけだった。

「吹部ノート、ですか」

「ええ。毎日の練習メニューや課題を記入するノートです」

「そういえば、よくノートになにか書き込んでいた気がします」

「毎日、顧問の先生に提出して、先生から一言コメントをもらうかたちでやりとりしていたようです。当時の三年生の吹部ノートはタイムカプセルに収納されたのですが、先日開封されたタイムカプセルの中に、大輝くんの吹部ノートは入っていなかったようです」

「定期演奏会前に退部したからかもしれません」

「だとしたら自宅に残っていたはずですが」

記憶を辿るように、美智子の視線が虚空を彷徨う。

「そんなものあったかしら。あの子の肉筆はすべて取っていますけど」

「見せていただいても？」

「かまいませんが……」

美智子は立ち上がり、押し入れの襖《ふすま》を開いた。上段には寝具、下段には段ボール箱が収納されている。息子の遺品は下段の段ボール箱の中らしい。ただ美智子が段ボール箱を引っ張り出そうとしても、びくともしない。

音喜多は押し入れに歩み寄った。

「私がやりましょうか」

「ありがとうございます」

美智子に代わり、四《よ》つん這《ば》いになって段ボール箱に手をかける。ところが、力をこめてもびくともしない。

「大丈夫ですか。音喜多さん。ぎっくり腰に気をつけてください」

鳴海のからかい口調に「問題ない」と応じ、全力を振り絞った。

そしてようやく段ボール箱を引きずり出したときには、全身汗まみれで呼吸が乱れていた。

「お疲れさまでーす」

軽やかに段ボール箱の蓋を開ける鳴海の姿が、やけに腹立たしい。

鳴海は箱の中を覗き込み「あー。これは重いですよ」と眉を持ち上げた。

音喜多も箱を覗き込んだ。

教科書やノート、漫画本や図鑑などがぎっしり詰め込まれている。

音喜多と鳴海で中身を取り出しながら、吹部ノートを探した。

「これはなんだろう」

本が積み重ねられた隙間に、筒状に丸めた紙が縦に詰め込まれている。

鳴海が紙を開くと、それは絵だった。クレヨンの線は不安定だし、色塗りはアウトラインからはみ出してしまっているが、なにを描こうとしているかはわかる。誰かがコルネットを演奏しているところだ。

「大輝が幼稚園のころに描いたものです」美智子が懐かしそうに微笑む。「うちの人、吹奏楽部の顧問になる前は市民オーケストラに参加していて、コルネットを担当していたんです」

「ということは、これは勲さん？」

鳴海の質問に頷き、美智子は紙の一部を示した。

「そしてこれが自分――大輝だそうです」

よく見てみると、コルネットを演奏する人物の隣に、小さな人影が描かれている。人影もなにかを持って演奏しているようだ。肌が緑色に塗られているので、それが人間を描いたものだと気づかなかった。

「顔が緑色」

鳴海がまた思ったことをそのまま口に出して笑っている。

美智子もつられたように笑った。

「このころから、お父さんと一緒に演奏するのが、あの子の夢だったんです」

その後も段ボール箱の中身を取り出していく。吹部ノートは見つからず、大輝が小学生のころに書いた作文が出てきた。見山高校吹奏楽部で指導をしている教員の父を誇りに思い、いつか父と一緒に全国大会の舞台に立ちたいという夢が綴られていた。大輝の想い出に触れると、吹奏楽が嫌いになったというのは信じがたいし、無断で退部届を出していたと知れば、問い詰めたくもなるだろう。練習を強制していたなど、ありえない。

結局、段ボール箱を空にしても、吹部ノートは見つからなかった。

その代わり、一本のVHSテープが出てきた。ラベルにはなにも書いていないが、美智子が言うには、見山高校吹奏楽部が全国大会に出場したときの模様を映像に収めたものらしい。同日に息子がどうなったかを考えれば、とても見ることができないというのは当然かもしれない。貸し出してくれないかという刑事たちの申し出に、どうせ自分では見ることがないのでどうぞと応じた。

「吹部ノートにこだわってるな」

美智子のアパートを出た後で、音喜多は言った。

「ええ。今回の事件の真相に大きく関係している気がします。音喜多さんは、そう思いませんか」

鳴海は周囲を見回しながら、落ち着ける場所を探しているようだ。美智子から聞いた大輝の友人『ケンちゃん』を特定するため、桜木中の卒業アルバムが開ける喫茶店などを探しているのだろう。

「どうかな。その可能性はあると思うが」

面識すらなかったと思われる宮城と古溝をつなぐ唯一の接点が、貝沢勲であり、その息子である大輝だった。しかも貝沢大輝と古溝裕樹の死因には、自殺と他殺という違いこそあれど、高所からの転落という共通点がある。そして大輝の自殺にまつわる不審点。今回の事件に関係ありそうな匂いはするが、そう考えたいだけかもしれない。

　住宅地なので喫茶店はなかったが、ベンチのある小さな公園を見つけた。

　卒業アルバムを開き、住所録から『ケンちゃん』に該当しそうな卒業生を探す。

　双葉町在住の卒業生は三人。

　その中で『ケンちゃん』というニックネームで呼ばれそうなのは、横山健《よこやまけん》太郎《たろう》だけだった。

5

　卒業アルバムに記載されていた横山健太郎の双葉町の住所を訊ねると、そこには『横山』という表札の掲げられた木造一戸建て住宅が建っていた。ポストには一家全員の名前が列記してあり、『健太郎』という名も確認できる。

　呼び鈴を押してしばらく待っていると、玄関の磨《す》りガラスの引き戸の向こうに人影が現れた。

「はい。どちらさまですか」

「こんにちは。突然失礼します。私、東京の警視庁から来ました、音喜多と申します」

できる限りやわらかい声音で呼びかける。

あらかじめ警察手帳を顔の前に掲げ、引き戸が開くのを待った。

ガラガラと音がして引き戸が開く。

初老の女が、不安げな眼差《まなざ》しで来訪者を見上げた。

「警視庁捜査一課の音喜多です」

「警視庁玉堤警察署の鳴海です」

あらためて自己紹介すると、女の顔に浮かぶ不安の色がいっそう濃くなった。

「なんですか」

「こちらに、横山健太郎さんはお住まいですか」

その名前を聞いた瞬間、女の顔色が変わった。

「健太郎、ですか」

「はい。あなたは健太郎さんのご家族の方ですか」

母親だろうか。あらかじめ卒業アルバムで確認した、横山健太郎の面影を探してみる。

「え、と……」

女はなぜか困惑した様子で視線を泳がせていた。

「こちら、横山健太郎さんのご自宅ですよね」

あまりに不審な反応に、表札を確認する。横山家で間違いない。

そのとき、玄関の向こうから女と同年代に見える男が現れた。こちらは横山健太郎との血のつながりがはっきりわかるような、太い眉にぎょろりと大きな目をしている。おそらく横山健太郎の父親だ。

「どうした」

男は最初から不機嫌そうだった。

「警察の方が、健太郎に話を聞きたいって」

「あいつ、なにかやったのか」

息子が犯罪にかかわっていると、決めつけるような言い方だ。

「いいえ。健太郎さんがなにかしたわけではありません。ただ、お話をうかがえないかと――」

「いない！」といきなり大声で怒鳴られ、両肩が跳ね上がった。

「そんなやつはうちにはいない！」

「でも、ポストに名前が」

鳴海の発言に、男が声をかぶせた。

「死んだ！　あいつはもう死んだ！」

「本当ですか」

おろおろとする女の反応を見る限り、とても男の発言が事実とは思えない。

「死んだも同然なんだ！　もうあいつは横山家の人間じゃない！」

「縁を切ったということですか」

「そうだ！」

「いまどこでなにをされているか、ご存じなら――」

男が玄関口におりてきて、押し出された。

「知らん！　あいつはうちと関係ない人間だ！　二度と訪ねてくるな！」

ぴしゃりと引き戸を閉められた。

ふと見ると、鳴海が呼び鈴に手をのばそうとしている。

「待て」慌てて肩をつかんで止めた。

「どうしてですか。あの男、ぜったいに横山健太郎の所在を知っています」

「だとしても、横山は犯罪者でもなんでもない。話したくないことを無理やりに聞き出す権利は、おれたちにはない」

そしてあんな対応をされてすぐに呼び鈴を押そうとするなんて、こいつはどんなメンタルしてやがる。

「じゃあ、どうしますか」

家族が話したくないのであれば、近隣住民から聞き出すしかない。周辺の住宅を訪ね、横山健太郎の居所について聞き込みを行った。

　父親からあんなふうに言われるのだから札付きのワルかと思ったが、まったくそんなことはなかった。近隣から聞こえてくる横山健太郎の評判は、真面目で爽《さわ》やかで成績優秀な好青年だった。ただそれもかなり前の話で、少なくともここ十年くらい、近辺で健太郎の姿を見かけた者はいなかった。札幌の国立大学に進んだころまでは、父親も息子の自慢話をしていたというが、その後の進路については、具体的な話を聞いていないらしい。

「もしかしたら、あの家にいるんじゃないですか」

あらかた近隣住民への聞き込みを終えたところで、鳴海が横山家の方向を振り返った。

「まさか。そんなはず……」

ないとも言えない。横山健太郎はおそらく、人生のどこかで大きな挫折を経験している。父親にとって自慢の息子ではなくなったのだ。だから父親は、近隣住民に息子の近況を話さなくなった。大学を辞めるか、就職した企業を辞めるかして、実家に引きこもっていても、あの父親ならかたくなにその事実を隠そうとするかもしれない。

「もう一回、行ってみましょう」

「行くって、横山の家にか」

「そうです」

「行ったところであの感じじゃ、とても協力してくれるとは思えないが」

いまにも血管が切れて倒れるんじゃないかという剣幕だった。怒鳴られるのが嫌というわけではないが、無駄に怒鳴られたくもない。

「じゃあ、ひとまずご飯食べましょう」

「それは文脈がおかしいだろ」

「おかしくないです。せっかくの北海道で美味しいものいっぱいあるんだから、食べながら作戦会議しましょう」

「ただ食べたいだけだろ」

「あっ」

ふいに、鳴海が横山家の方角を見た。

初老の女がきょろきょろと周囲を見回しながら、誰かを探しているようだ。先ほど横山家を訪問したときに会った、横山健太郎の母親らしき女だった。

「あそこにコンビニがあります」

女に気づいたわけじゃなかったようだ。

人の顔を覚えられないのでは、無理もないが。

女がこちらに気づき、駆け寄ってくる。音喜多たちを探していたらしい。

「先ほどは失礼しました」

軽く会釈をする音喜多の手に、女がなにかを握らせてくる。

マッチだった。表面に『イーグル』というおそらく店の名と、電話番号、店の住所が印刷されていた。

「これは……？」

「健太郎に伝えてください。お母さんはなにがあっても、あんたのお母さんだからって。なにがあっても、私の子どもなんだからって」

「えっ？」

「お願いします」

どういうことですか、と訊き返す前に、女は背を向けて走り去っていった。

「いまのって横山健太郎の母親ですか。声がそんな感じだったから」

呑気なことを言う鳴海をよそに、音喜多は手の中のマッチをあらためて見た。ここに横山健太郎がいるということだろうか。

マッチに記載された住所は、札幌市のものだった。

6

電車で札幌に戻り、地下鉄に乗り換えてすすきの駅でおりる。『イーグル』は駅から七分ほど歩いた、雑居ビルの四階だった。

エレベーターをおり、左右に店名の看板を見ながら廊下を進む。どの看板も、どぎつい原色の色使いが目を引く。

「あった！」

鳴海が先に『イーグル』の看板を見つけた。

木製の扉を開くと、間接照明の薄暗い店内に似合わない、一九九〇年代ごろにヒットしたJポップが聞こえてきた。

「いらっしゃいませ」

出迎えてくれたのは、バブル時代から飛び出してきたかのような、身体の線も露わなボディコンミニスカートドレスの女だった。

「お電話した警視庁の音喜多ですが」

女があっ、という顔になる。

「横山です」

音喜多は絶句した。『イーグル』がニューハーフクラブだというのは、電話したときに聞いて知っていた。だが目の前に立つ女が元男性だったとは、とても信じられない。身長は一七〇センチ近くありそうなので女性にしては背が高いが、それ以外は男性だった名残は感じられない。腰はくびれて脚もすらっとしており、胸もしっかり膨らんでいる。

ボックス席に案内されて向き合っても、どこか狐につままれたような心境だった。卒業アルバムで見た横山健太郎の、いかにも男性的な風貌と結びつかない。

「すごい、綺麗」

鳴海は無邪気にはしゃいでいる。

「ありがとう。ここではジュリアっていう名前なの。ジュリア・ロバーツのジュリア」

声も完全に女性だった。

「ジュリアさん。胸にはやっぱり、シリコン入ってるんですか」

「実は天然物。すごいでしょ」

横山が自分の胸を両手で持ち上げてみせる。

「え、嘘！」

鳴海は完全に仕事を忘れているようだ。

「本当。シリコン入れてるのって、よく訊かれるんだけど、入れてないの。女性ホルモンの注射だけで、こんなになっちゃって」

「すごぉい」

「触ってみる？」

「いいんですか」

鳴海が手をのばし、ボディコンから露出する胸の谷間のあたりに遠慮がちに触れる。

「やわらかい！」

「でしょ」横山は嬉しそうだ。

「音喜多さん、めっちゃやわらかいですよ。マシュマロみたい。音喜多さんも触ってみてくださいよ」

「そんなことできるわけないだろ」

それどころか、どこを見ていいのかすらわからない。

薄暗い店内にはボックス席が三つと、十人ぐらい座れそうなソファ席が一つ。カウンターにもいくつか座席が設置されている。ほかを知らないのでここが特別なのかわからないが、静かに飲むというより、どんちゃん騒ぎを楽しむ店のようだ。ほかの席からときおり、破裂するような笑い声が聞こえてくる。

「あら。私はかまわないけど。いちおう男性同士だし」

横山が挑発的に胸を突き出してくる。

「間に合ってます」

音喜多は両手を上げて遠慮した。

「間に合ってないでしょう。奥さんに捨てられたんだから」

こいつ、殺してやろうか。

ボーイがドリンクを運んでくる。セット料金には焼酎とウイスキーの飲み放題も含まれていたが、二人ともウーロン茶を頼んだ。「それなら私だけ飲んじゃお」と、横山は水割りセットをオーダーする。

ソファ席から聞こえてきた笑い声が落ち着くのを待って、音喜多は切り出した。

「桜木中時代に同級生だった、貝沢大輝さんを、覚えていらっしゃいますか」

はっとするような間があった。

「もちろん。よく覚えてる」

「貝沢さんのご自宅に遊びに行ったり、親しくされていたそうですね」

「うん」と頷いた瞬間だけは、貝沢大輝と親しくしていた中学時代に戻ったかのようだった。

「タバコ、吸ってもいい？」

「どうぞ」

横山はタバコのパッケージを取り出し、一本を口に咥えて火を点《つ》けた。煙を吐き出しながら、過去を見透かすように目を細める。

「中学時代は、私にとって黒歴史っていうか、ずっと暗闇の中を歩いてるみたいなものだったな。本当はこんななのに、周囲にバレないようにわざと男らしく振る舞って、自分じゃない人間を演じ続けている感じだった。だから正直、思い出したくもないんだけど」

しんみりしたかと思いきや、なんちゃって、と急におどけて舌を出す。

「自分語りしちゃった。貝沢くんとは親しくしてたけど、なにが訊きたいの」

鳴海が膝に手を置き、身体を前傾させる。

「単刀直入に訊きます。貝沢大輝さんの本当の自殺の原因を、ご存じありませんか」

へらへらしていた横山の顔が、瞬時に強張《こわば》った。

「どうしていまさらそんなことを……？」

「当時の警察の捜査では、少し前にお父さんと喧嘩したことなどが原因とされていたようです。ですが私は、本当の原因は別にあると考えています」

呆然《ぼうぜん》としていた横山が、やがて我に返って言う。

「だから、なんでいまさらそんなことを調べる必要があるの」

「古溝裕樹さんという同級生を、覚えていらっしゃいますか」

息を呑む気配が伝わってきた。

「覚えてるけど」

「亡くなりました。我々は殺人事件とみて捜査しています」

「そうなんだ」

「マンションの屋上から、何者かによって転落死させられたんです」

貝沢大輝の死との符合に、横山は言葉を失った様子だ。

それでも懸命に平静を装おうと、タバコを口に運ぶ。タバコを持つ指先が、かすかに震えていた。

「だからなに？　まさか貝沢くんも自殺じゃなくて、誰かに殺されたとでも？」

横山は間違いなく、なにか重大な秘密を隠している。

音喜多は固唾《かたず》を呑んで成り行きを見守った。

「わかりません。ただ、当時の警察がすべてを明らかにできなかったツケが、なんらかのかたちで現在に回ってきたのかもしれない。そう思いました」

「誰が殺したの」

「それを知るために、こうして捜査しています」

本当は横山も犯人を知りたくて質問したのではないのだろう。心の準備をするための時間稼ぎだ。「そう」と無関心に告げ、何度か煙を吐き出す。

やがて拗ねたように顔を背けた。

「誰がやったのか知らないけど、犯人にお礼を言いたい気分ね。ざまあみろよ」

「古溝さんと、なにかあったんですか」

「いじめられてた……それを貝沢くんに助けてもらった。貝沢くんにそのつもりがあったのかはわからないけど、結果的に助けてもらったかたちになった」

鳴海が不可解そうに首をひねる。

「貝沢くんと親しくしていた……って、言ったじゃない？」

音喜多と鳴海が頷くのを確認して、横山は続けた。

「それ以上の関係だったの」

えっ、と鳴海が声を漏らす。

「私たちは付き合っていた。つまり、貝沢大輝くんも男の子が好きだった……ってわけ。もっとも、二十年も前の苫小牧みたいな田舎《いなか》町でおおっぴらに付き合うことなんかできないから、周囲には仲のいい友達として振る舞っていた。それなのに、古溝裕樹に私たちの関係を知られてしまった」

「もしかして、それが原因で吹奏楽部を？」

鳴海は眉をひそめた。

「たぶん、もともと貝沢くんのことが邪魔だったんじゃないかな。同じ楽器をやってたけど、素人の私から見ても、貝沢くんだけ群を抜いて上手だったもの。古溝は自分が一番目立ちたいっていうタイプだったけど、音楽ではどうしても勝てないから、目の上のたんこぶみたいに感じていたんだと思う。勝手にライバル視していた。そんな相手の弱みを握ったものだから、飛び上がって喜んだんじゃないかしら」

「大輝さんは、古溝さんから吹奏楽部を去るよう、脅されたんですか」

横山はかぶりを振った。

「わからない。古溝に私たちの関係がバレたからもう会えないって、そう言われただけだから。古溝に脅されたかもしれないし、脅されなくても、吹奏楽部に顔を出すのは怖くなるよね。自分のことをよく思っていないやつが、ぜったいに誰にも知られたくない自分の秘密を握っていて、しかもそいつは、吹奏楽部でも発言力の強いリーダー的存在なんだから」

「吹奏楽部で言いふらされたんですか」

「私は部員じゃないからわからないけど、何人かには話していたと思う。廊下で古溝に足で通せんぼされて、おまえ、オカマらしいなって言われたことがある。取り巻きが何人か一緒にいて、にやにやいやらしい笑いを浮かべていた。いま思い出しても寒気がする」

横山が自分を抱くようなしぐさをして、身を震わせた。

「貝沢大輝さんが自殺に至ったのも、それが原因だとお考えですか」

音喜多が確認すると、横山は腕を抱えたまま小さく何度か頷いた。

「どう考えてもそうでしょう。まだ全校生徒が知っているという状況ではなかったけど、そうなるのは時間の問題だった。ましてや古溝は、貝沢くんと同じ見山高校への進学を希望している。お父さんと一緒に吹奏楽コンクールの全国大会に行く夢を抱く貝沢くんには、別の高校に進学する選択肢なんてなかった。古溝は高校でも、貝沢くんの秘密を言いふらすに決まっている。そうなれば、お父さんにまで秘密を知られてしまう。あいつらは自分たちが多数派だという事実を盾に、正義の旗を掲げて、おもしろがりながら笑顔で人を傷つけるの。そんなの地獄じゃない？　もしもっと大人だったら、ほかの高校に進学することも考えられたかもしれない。お父さんと一緒に全国大会を目指す夢は潰《つい》えてしまうけど、演奏の機会なんてほかにもたくさんあるし。でも当時の私たちは子どもだった。学校が世界のすべてで、十年先の未来なんて考えられなかった」

　横山がタバコを灰皿に押しつけ、揉み消した。必要以上に力がこもっているような手つきだった。

「絶望した貝沢くんは、マンションの屋上から飛び降りて死んだ。お父さんと喧嘩したことなんかが原因じゃない。貝沢くんにとって、お父さんは最後までヒーローだった。お葬式で肩を落とす貝沢くんのお父さんに、私はそう言いたかった。でも言えなかった。貝沢くんが死んでまで守ろうとした秘密を、私がバラすわけにはいかない。私は口を噤むことにした。真相が明らかになったところで、貝沢くんが生き返るわけでもないし。貝沢くんが自殺して、ことの重大さに気づいたのか、古溝たちが私に近づいてくることもなくなった。私は高校卒業まで、普通の男の子の仮面をかぶって過ごすことができた。いじめられることもなかった。だから貝沢くんに守ってもらったの」

　音喜多は鳴海を見た。鳴海と目が合った。

　貝沢大輝の自殺の原因を作ったのは、古溝裕樹だった。となると、宮城和雄が古溝裕樹を殺害した動機は、恩師の愛息を死なせた仇討《あだう》ちだろうか。

「宮城和雄という名前に、心当たりはありませんか」

「知らない。ぜんぜん聞いたことのない名前。それは誰？」

「貝沢大輝さんの、お父さまの教え子です」

「吹奏楽部のってこと？」

「そうです」

「それなら知るはずないわ。私は古溝と同じ学校になりたくなくて高校は私立に進んだし、そもそも吹奏楽部でもないから」

「古溝さんは、どうやってあなたと大輝さんの関係を知ったんでしょう」

「たぶん、手をつないだりしているところを見られたんじゃないかと思う。もちろん学校でそんなことはしなかったけど、下校のときとか、人目がなかったらちょっとイチャイチャしちゃうこともあったから……子どもだったし、隠さないといけないのはわかっていても、つねに気を張っているってやっぱり難しくて」

ね、と後悔混じりの息をつく。

「隠さないといけないのが、そもそもおかしいです」

鳴海が力強く言う。

「ありがとう。でも二十年前のことだから。なにもかも、いまとは違った。当時に比べたら、私たちみたいな人間にはだいぶ生きやすくなった実感がある。これからもっと、変わっていけばいいな」

「古溝さんの取り巻きの名前、覚えていますか」

音喜多が訊いた。

「二十年も前の話だから覚えていない……と言えればよかったのだけど、残念ながら忘れたくても忘れられない。どうしてかしらね。仲が良かった子の名前は忘れるのに、いじめっ子の顔と名前は忘れられない。逆ならよかったのに。大里哲也《おおさとてつや》と金森宣明《かなもりのぶあき》、今泉修《いまいずみおさむ》。だいたいいつも、この三人とつるんでいた」

横山から聞いた名前を、鳴海がスマートフォンに入力する。

「会いに行くの？」

「場合によっては」と音喜多は答えた。

「不幸になってればいいなあ」

吐き出された呪詛《じゅそ》は、口調が穏やかなだけに余計に深い恨みが感じられた。

「私はそれ以上に、ジュリアさんが幸せになるべきだと思います」

「ありがとう。やさしいのね」

横山が薄い笑みを浮かべる。

あらかた聞きたい話は聞けただろうか。

「そういえば、お母さまから伝言を預かってきました」

音喜多の言葉に、横山の眉がぴくりと持ち上がる。

「お母さんはなにがあっても、あんたのお母さんだから。なにがあっても、私の子どもなんだから……だそうです」

言葉を嚙みしめるような間があった。

頰を膨らませた横山が、長い息を吐く。

「でもあの人は結局、父の言いなりだから。本当の私を見せようと思ってこの店に招いたときも、変態だの、出来損ないだの、二度と苫小牧に帰ってくるなだの、口汚く私をののしる父を、止めようともしなかった」

想像がつく。だからこそ音喜多たちが追い出された後で、隠し持っていたマッチを渡すためにこっそり家を抜け出してきたのだろう。

「私、思うのよ。見て見ぬふりとか、しかたなくとか、結果的にいじめに加担した……っていうほうが、わかりやすい悪意を持っていじめる人間よりもよほどたちが悪いんじゃないかって。後になって大丈夫？　って気遣ったり、酷いことするよねって文句を言うぐらいなら、そのときに止めてくれればいい。それをせずに、後になって気遣いを見せる人って、やさしい人を演じているだけだよね。マジでタチが悪い。いじめっ子よりタチが悪い。むかつく。父親より母親のほうがむかつくと感じることもある」

でも、と、横山の眼差しが憂いを帯びる。

「嫌いになりきれないんだ。心の底から憎むことができたらどれだけ楽だろうって思う。親だからって、心の底から憎めない自分の弱さに腹が立つ」

「わかります」

鳴海の賛同をえられたのが、横山には意外だったらしい。

「わかってくれる？」

「ええ。血のつながりが呪いのように思えることもあります」

「みんな、いろいろあるのね」

しみじみとした言い方だった。

横山が自分の膝を叩く。

「よし。今日はとことん飲もう」

「はい」

「はい、じゃない。帰るぞ」

音喜多は鳴海の腕をつかんで立ち上がらせた。

「えーっ。もう帰っちゃうの」

横山が唇をすぼめる。

「まだ仕事がありますので。ご協力ありがとうございました」

「まだ仕事するんですか」

「するに決まってるだろ」

鳴海の腕を引いて連れ出そうとしたとき、「待って。刑事さん」と呼び止められた。

「ごめんなさい」

横山がなにを言わんとしているのか理解できず、音喜多は首をかしげる。

「もしも大輝くんのお母さんにまた会うことがあれば、そう伝えておいて。大輝くんの自殺の本当の原因がわからずに、ずっと苦しんでいたと思う。知っていたのに内緒にしていて、ごめんなさい」

「ジュリアさんだって、苦しんでたでしょう」

鳴海が言った。

「了解しました。機会があれば伝えておきます」

音喜多は会釈をし、鳴海の手を引いて店を出る。

顔の横で小さく手を振りながら刑事たちを見送る横山の目には、涙が溜《た》まっていた。

7

『イーグル』を出た二人は、その足で野島竜造の店に向かった。

貝沢美智子から借りたＶＨＳテープを再生するため、北海道警に再生機材を貸してもらおうと高梨に電話したところ、ちょうど野島の店で飲んでいるらしく、店に来てくれと言われた。野島の店の物置にも、ビデオデッキ内蔵型のテレビが眠っているのだという。

地図アプリで道順を調べてみると、野島の店までは思いのほか近く、五分ほどで到着した。

店の扉を開けると、カウンターの上にはすでにテレビが用意されていた。現代の液晶テレビと異なり、奥行きのある直方体が懐かしい。十四型のブラウン管の下にＶＨＳテープ用のスロットが付いているタイプだった。

「おお。懐かしいな。学生のときに持っていたやつと同じだ」

音喜多は動物の頭を撫でるように、テレビの天面に手を置いた。

それから顔を上げ、カウンターの向こうにいる鉢巻の男を見る。

「こんなところで見てもいいんですか」

「いいんだよ。どうせ客なんかいないんだ」

高梨の声が飛んでくる。高梨はカウンター席に座り、こぶしで頬杖をついていた。空いたほうの手にはグラスが握られており、グラスの内側では透明な液体が小さな波を立てていた。それがただの水でないことは、頬の赤らみでわかる。

「あんたらが話しやすいように、貸し切りにしてやってんだろうが」

野島が抗議する。

「音喜多さんから電話かかってくる前から、貸し切り状態だったけどな」

「これから来る客は断る。だから貸し切りだ」

「そういうことにしときますか」

いつもこの調子で軽口を叩き合っているのだろう。

「お疲れです」

高梨が頬杖をついたまま、グラスをこちらに向けてくる。

「お疲れさまです。急な申し出なのにありがとうございます」

「いやいや。お互いさまですよ。鳴海さんも、お疲れです」

「お疲れさまです。やきとり、また食べられることになって嬉しいです」

後半は野島に向けた発言だった。

「本当かい」

野島が強面を崩して笑っている。鳴海のことを気に入っているようだ。

「食事に来たんじゃないぞ」

「わかっています。食べながら見られるでしょう」

「そこの物置に放置してあったやつをいま出してきたばかりだから、映るかどうかわからないぞ」

野島が皿に載せたやきとりを、鳴海に差し出した。

「映らなくても美味しいものが食べられるなら無駄足じゃありませんね」

「仕事としては間違いなく無駄足だろう」

ＶＨＳテープを寄越せと手招きで催促した。

鳴海がバッグを開け、ＶＨＳテープを取り出す。

「コンセント、ささってますか」

「ああ。つながってる」

野島があらためてコンセントを確認し、頷く。

テレビの電源ボタンを押すと、ピィーンと懐かしい起動音がした。

しばらく画面が暗いままだったので壊れているかと思ったが、やがて画面が明るくなり、真っ青になる。スロットにＶＨＳテープを挿入した。かすかなモーター音がして、なにかが画面に表示された。

「お。映った」と、高梨が反応する。

最初は画像が乱れていたが、やがてそれがステージだとわかる。かなり奥行きのある大きなステージが、暗闇に浮かび上がっているようだった。画面の下のほうに見え隠れする黒い山は、人の頭だろう。客席でかまえたカメラのレンズを、ステージに向けているようだ。

やがてお揃いの青いジャケットを着て、楽器を手にした男女が入場してきて、客席から拍手が沸き起こる。撮影者がステージ全体を画角に収めようとしている上、画質もよくないので一人ひとりの表情は見えないが、それでも緊張が伝わってくるようだ。画面を見つめながら、音喜多は唾を飲み込む。

「指揮台に立つ指揮者は楽団員たちと同じ服装で、ほっそりしている。

「指揮は顧問の教師がやるわけじゃないのか」

てっきり貝沢勲が指揮をするのだと思っていた。

「そういうケースが多いですが、生徒に任せるところもあります。生徒の自主性を重んじる指導方針だったのかも」

鳴海はやきとりの串を持ったまま、画面を見つめていた。

指揮者が両手を振り上げ、演奏がスタートする。

三連符を使った印象的なテーマには、聞き覚えがあった。

「フェスティバル・バリエーション」鳴海が呟く。

そうだ。見山高校の音楽室で聞いたのと、同じ曲だった。

だが違う……本当に同じ曲だろうかと、次第に自信がなくなってくる。それでもところどころで繰り返される力強い三連符のテーマで、やはりあの曲だと実感する。

「これが全国……」

ほぼ無意識に心の声が漏れた。

そう。これが同じ曲なのかと疑わしくなるほど、印象が異なっていた。曲のテーマはもちろん、構成や演奏する楽器が違うわけではない。基本的には同じことをしているはずなのに、まったく違う。表現力の次元が異なるのだ。盛り上げるところは盛り上げて、静かなところでは潮が引くように静かになる。全員の呼吸と足並みが綺麗に揃って、バンド全体が一つの生き物となり、その生き物が歌うように曲を奏でている。

「へえっ。上手いもんだな。ここに宮城が？」

高梨が席を立ち、ブラウン管がよく見える位置に移動した。

「そのはずです」

音喜多は我に返った。つい演奏に夢中になって、本来の目的を忘れていた。この中に宮城がいるはずなのだ。

画面に目を凝らす。コルネットは、客席から見て左のほうに陣取っている。そこまではわかったが、意外に人数が多いし画質が粗いしで、どれがそうか見当もつかない。

「どれが宮城だ」

鳴海に訊くと「さあ」と首をひねられた。鳴海でもわからないのかと意外に思ったが、考えてみれば当然だ。ただでさえ人の顔が認識できないのだから、二十年も前の少年時代となると余計にわからないだろう。

「これじゃないか」

カウンターから身を乗り出しながら、野島がブラウン管を指さした。

「どれだよ、大将」

高梨が眉間に皺を寄せ、目を細める。

「ほら。これさ」

野島が誰を指さしているのかはわかった。二列目の左から二番目。だが言われてみても、音喜多にはそれが宮城なのか確信が持てない。高梨も同じようだった。

「よくわかるね。言われてもわからない」

「かつて息子だった男だからな」

野島は嬉しそうに鼻の下を擦った。

十分超の長い曲だった。そういえば、この曲を最後まで聞いたのは初めてだ。演奏を終えた生徒たちが立ち上がり、観衆からの喝采を浴びる。このときも細かい表情までは確認できないものの、達成感を噛みしめているのだろうというのは、なんとなく伝わってきた。

ぷつり、と余韻を断ち切るように映像が終わり、真っ青な画面になる。

高梨が自分の席に戻る。

「終わりか」

音喜多は再生を停止し、ＶＨＳテープを取り出した。

なにか意見を述べるのかと思って鳴海を見たが、やきとりをかじりながらもぐもぐと口を動かしているだけだ。その結果、ぎこちない沈黙が落ちた。

「悲しいもんだな」沈黙を破ったのは高梨だった。「あんな晴れやかな場所で一生懸命演奏していた少年が、のちにヤクザになって、最後には人殺しとして追われる身だなんて。このときの宮城には、そんな将来、予見すらできなかったろうな」

「人生なんてそんなもんだ。ガキのころには、誰にだって平等にチャンスが与えられていて、努力次第でなんでもできるし、なんにでもなれる。そんなふうに信じてる。最初から汚れているわけじゃない。必死にもがいていく中で、世の中の理不尽に気づいて、いつの間にか汚れちまう。そして気づいたときには取り返しのつかないところまで来ていて、後戻りできなくなっている」

野島の笑顔は、少し苦しそうにも見える。

「元組長が言うと重みが違うな」

「そりゃな。ガキのころからヤクザに憧れてました、なんてやつはいない。気づいたらそうなっちまってた。無我夢中で生きてきてふと我に返ると、思ってもみなかった場所に立っている。やり直しはできないし、引き返すこともできない」

「でも大将は足を洗って、こうして立派にやり直してるじゃないか」

高梨の言葉に、野島は小さく笑った。

「ヤクザの世界から抜け出したってだけで、立派なんかじゃない。遠回りしちまったぶん、普通の幸せなんか望むべくもない。こうやってただ社会の片隅でひっそり過ごしながら、人生をまっとうするしかない。ずっと日陰を歩くしかないんだ」

音喜多さん、と、野島の視線がこちらを向いた。

「宮城のやつが殺したのは、恩師の息子さんの同級生なんだよな」

「まだ、殺したかどうかはわかりませんが」

「もし宮城が殺したんだとしたら、あいつの気持ちはわからんでもない」

「どういうことだい」

高梨が顔をしかめる。

「もう自分の人生に見切りをつけたんだ。どんなにもがいても上向くことはなく、クスリに溺れて逆に転がり落ちる始末だ。ここからいくら頑張ったところで、ガキのころなりたかった自分にはなれない。せいぜい他人さまに迷惑をかけないよう、息を殺して寿命が尽きるのを待つのが関の山だ。そんな人生に意味を見出せない。だったらせめて、世話になった恩師への恩返しをしようと考えたんじゃないか」

「恩返し？」と、音喜多は訊き返した。

「ああ。殺されたやつがなにをしたかは知らない。おおかた、恩師の息子をいじめていたかなにかだろう。その結果、恩師の息子は自殺した。恩師はその無念を晴らせずに逝った。

だから自分が代わりに復讐を果たすことで、恩返ししようとしている。それこそが自分の生きる意味になってるんだ。いま、そのビデオを見てよくわかったよ」

野島がテレビを顎でしゃくる。電源の消えたブラウン管には、音喜多の顔が反射して映り込んでいた。

「何度も話には聞いていたが、映像で見てあらためて驚いた。そんな華やかな舞台を経験していたのなら、宮城にとっては生涯忘れられない経験になったろうな。そんな経験をさせてくれた恩師のことを、神さまみたいに思っていたんじゃないか。だから恩師を傷つける存在は許せない」

「でも二十年前の話だぜ」

鼻で笑う高梨に、野島は神妙な顔でかぶりを振る。

「二十年、それ以上幸せな時間がなかったってことだろ。普通の人間は仕事で成功したり、結婚したり、子どもが生まれたりといった幸福なイベントを経験して、過去の栄光もたんなる記憶として色あせていく。だが宮城のやつは貧しさゆえに大学に進学できずに社会に出て、病気のおふくろさんのために裏社会に足を踏み入れたのに、そのおふくろさんも亡くなっちまった。そうなると目の前にあるのは、ドロップアウトした人間の過酷な人生だけだ。クスリに溺れ、クスリを買う金欲しさに悪さを働き、刑務所を出たり入ったりする転落人生。この晴れ舞台は二十年も前だが、それをただの過去の栄光だと言い切れる人間は、その後恵まれた人生を歩んだやつだ。人生がままならなかったやつは、いつまでも過去の栄光にすがって生きていくしかない。時計が止まってるんだ。光が強いほど、闇は濃くなる。こんな経験をした後でおれのところに来たのなら、そりゃいつまでも忘れられないだろう」

「なるほどね」

高梨がふうと淡い息を吐く。

野島の言うことは理解できる。貝沢大輝が自殺した、本当の原因が判明してからはとくに。

宮城が古溝を殺したのだとすれば、その動機は恩師に代わっての復讐だろう。高所から転落させるという手口も、貝沢大輝の自殺手段をなぞっているに違いない。貝沢大輝の味わった苦しみを、古溝にも与えようとしたのだ。

問題は、なぜいまなのか。

そして古溝と面識すらなかったはずの宮城が、なぜ貝沢大輝の自殺の真相を知りえたのか。

「ダメです！」

突然鳴海が大声を上げ、音喜多は両肩を跳ね上げた。

「世の中ままならないし、理不尽なことだらけだし、投げ出したくなるし、自暴自棄になる気持ちもわかるけど、でも人を殺しちゃダメなんです」

「そう……ですね」

「お姉ちゃんの言う通りだ」

高梨と野島も、少し引いている。

「お姉ちゃんじゃない！」と鳴海が顔を上げる。「私には鳴海桜子っていう名前があるんです！」

「おお、そうだ。すまない。鳴海さん」

少し引いていたのが、ドン引きになった。

「私だけじゃない。音喜多さんにも野島さんにも、高梨さんにも名前がある。宮城だってそう。宮城和雄っていう名前がある。それぞれ自分だけの名前があって、自分の人生を生きている。自分の人生では、みんな自分が主役なの。だから自分のために生きるべきで、すべての力を自分が幸せになるために使うべきで、人のために捧げるなんて、あっちゃいけない。間違っている」

「鳴海。おまえ——」

これはもしかして。

「そんなことしちゃいけないの！」

鳴海がこぶしでカウンターを叩く。

音喜多は素早く手を差し入れ、鳴海の目の前に置いてあったグラスを手にした。

口をつけなくても、匂いでわかった。

「これ、酒だ」

「はあっ？」

野島の眉をひそめる反応を見る限り、いたずらされたわけでもないようだ。

次の瞬間、ピンときた。

「高梨さんのグラス、貸してもらえますか」

「いいですけど」

高梨から受け取ったグラスに鼻を近づけた。無臭だ。

「こっちは水ですね。グラスが入れ替わったんだ」

高梨が映像を見ようと席を立った、あのときだろう。

「ええっ？」

高梨が目を丸くし、野島が高笑いする。

「こりゃ傑作だな。酒か水かもわからなくなってるんなら、だいぶ酔ってるぞ」

「鳴海さんは大丈夫ですか。たしか飲めないんですよね」

高梨が腰を上げ、心配そうに鳴海を覗き込む。

「いや、まったく飲めないわけではないのですが」

「そうなんですか。ならよかっ……ぐっ」

高梨が苦しげな呻《うめ》きを上げる。

鳴海にネクタイをつかまれているのだった。

「こら、鳴海。やめろ」

音喜多が止めに入っても、しばらく高梨の顔はうっ血したままだった。

ようやく解放された高梨が、怯えた顔で鳴海を見る。

「すみません。こうなるんです」

恐縮しながら説明する音喜多の声を、鳴海の怒声がかき消した。

「自分の人生は、自分のもの！　一度しかない、貴重なものなの！　だから私は、自分のやりたいようにやる。親がどうとか、環境がどうとか関係なく、好きなように生きる。音楽の英才教育にいくらかかったと思ってるんだとか、音大に入れるまでにいくらお金を使ったのかわかってるのかとか、そんなの知ったことじゃない。そうでしょう」

同意を求められた野島が、反射的に答える。

「そうだな」

「そうだな、じゃなくて、そうです、でしょう」

「そうです」

元暴力団組長が肩をすくめて頷いた。

「よろしい」と満足げな鳴海は、ほとんど目が開いていない。ろれつの回らない口調で続けた。

「私には、宮城のしんどさはわからない。想像はしてみるけど、でもたぶん、私の想像なんて及ばないほどつらい経験をしてきたんだと思う。お金がなくて高校を辞めなきゃならなくなりそうな状況なんて、私にはなかったから。そもそもお金に困ったこともほとんどないし。そういう意味では私は苦労知らずの甘ちゃんなのかもしれない。でもね、でも……私には私なりの悩みがあるの。みんなそれぞれの立場で悩みを抱えてるの。だから、自分のことを一番に考えてればいいんだって」

「いつもこうなんですか」

鳴海の思いがけない一面を目の当たりにして、高梨は声まで強張っていた。

「ええ。まあ」と愛想笑いで応じ、鳴海の腕を抱える。

「鳴海。ちょっと酔っ払ったみたいだな。そろそろ行こう」

すると、鳴海から髪の毛をわしづかみにされた。

「痛っ……なにする——」

「あんたもだよ。音喜多弦」

「はい……？」

「あんたにも、幸せになる権利がある」

「はあ」

ばたん、と音がして鳴海がカウンターに突っ伏した。

盛大ないびきが響き続ける中、残された男三人は気まずい視線を交わし合った。

8

翌日、音喜多と鳴海はふたたび苫小牧に向かった。大里哲也と金森宣明、今泉修に会うためだ。三人の現在の所在がわからないので、卒業アルバムに掲載された実家の住所を訪ねてみるしかない。

「待ってください」

苫小牧に到着し、タクシー乗り場に向かっていると、鳴海に呼び止められた。彼女は側頭部を手で押さえ、顔をしかめている。たすき掛けにしたバッグの重みで、いまにも倒れてしまいそうだ。

「音喜多さん、歩くの速くないですか」

「おまえが遅いんだ」

「なんか今日、体調がよくないんです。頭が痛いし、ムカムカして食欲もない。もしかして、すごく重い病気かも」

音喜多は山高帽をかぶり直した。

「おれでも診断できるぞ。その症状は二日酔いだ」

「昨日、私、飲みましたっけ」

「飲んだことすら覚えていないとは、重症だな」

そういう音喜多は、全身が筋肉痛だった。酔い潰れた鳴海を背負って、ビジネスホテルまで歩いたためだった。早朝になって鳴海からの「私はどこにいるんですか」という電話で起こされた。まずは謝罪かお礼だろうと思ったが、まったく記憶がない相手に要求しても意味がない。

駅中のコンビニで酔い覚ましのドリンクを買い与えた。

駅舎を出てロータリーに向かい、タクシーに乗り込んで住所を伝える。まずは大里哲也の実家を訪ねてみた。

大里哲也の住まいとして記載されている住所には、新しい一軒家が建っていた。嫌な予感は当たって、表札には『大里』ではない苗字が刻まれている。念のためインターフォンの呼び出しボタンを押してみたが、応対した声は大里家とは無関係のようだった。三年前にこの土地を取得し、家を新築したのだという。

「参ったな」

音喜多は山高帽を脱ぎ、髪の毛をかきむしる。卒業アルバムの情報は二十年前のものなので、現状と異なるのはしかたがない。手がかりがあるだけありがたいと思うべきか。

そのとき、背後から声をかけられた。

「失礼ですけど、大里さんを探していらっしゃるんですか」

自転車に跨がった、中年の女だった。自転車の前カゴからは長ネギが飛び出している。

「そうです。ご存じですか」

音喜多は警察手帳を示しながら訊いた。

「はい。大里さんとは、ご近所さんでしたから。私の家、すぐそこなんです」

女が顎をしゃくったのは、旧大里邸の斜向《はすむ》かいにある家だった。

「大里さん、仕事の関係で関東のほうに引っ越されましたよ。もうけっこう前、五、六年は経ってるかもしれません」

旧家屋が取り壊されて新しい家が建つのだから、それぐらいは経過しているだろう。

「関東のどこか、詳しい場所はわかりませんか」

「栃木か茨城かどっちかだったと思いますけど、どっちだったかなあ」

この雰囲気だと期待できないかと内心落胆しかけたそのとき、女が手をひらひらとさせる。

「娘ならわかると思います。うちの娘、カナちゃんと同級生だったから。いまでもたまに連絡取り合ってるみたいだし」

「カナさん、というのは、大里哲也さんのお姉さん？　妹さん？」

「妹さん。家が近所だし学年も同じだから、小さいころから仲が良かったんです。うちの娘なら、カナちゃんの連絡先がわかるかも」

「ぜひお願いしたいです」

「わかりました」

　ちょっと待ってくださいと、女は自宅の前で自転車のスタンドを立てた。それからスマートフォンを取り出し、電話をかけ始める。

「もしもし。私、お母さん。ちょっと聞きたいことがあるんだけど、カナちゃんの連絡先ってわかる？　カナちゃんはカナちゃんよ。大里さんちの……そう、そのカナちゃん。あんた、仲良かったじゃないの。最近も連絡取ってて……そうなの？　そんなに前だったかしら。あらそう。とにかく警察の人が来て、哲也くんと連絡が取りたいっていうから……なんでって、私に訊かれてもわからないわよ。なにかあるんじゃないの。本当に警察なのかって？」

　疑われているようなので、開いた警察手帳を近づけて見せる。

　女が警察手帳を覗き込みながら言った。

「本物の警察みたいよ。警視庁の音喜多弦って人。悪い人にも見えない。え……そうなの？　わかった。じゃあ、カナちゃんに連絡して、お兄ちゃんの連絡先がわかったら教えてちょうだい……はい。はーい」

通話を終えたようだ。

女がこちらを見上げる。

「お兄ちゃんの哲也くんはいま、函館《はこだて》あたりに住んでいるはずって言っていました。たしか東北の国立大学を出て、札幌の北斗《ほくと》大学の大学院に入ったんじゃなかったかしら。大学院を出た後も講師として大学に残ったはずだから、北斗大の函館キャンパスに勤めているのかしらね。うらやましいわ。うちもあんな息子がいれば鼻高々なのに」

愛想笑いで調子を合わせながら、音喜多の鼓膜の奥には、不幸になってればいいなあ、という横山の呟きがよみがえっていた。

「娘がカナちゃんに連絡を取って、哲也くんの連絡先を聞いてくれるそうです。でも最近は連絡取っていなかったから、気まずいし、もしかしたら機種変とかして連絡取れなくなってるかもしれないって言ってました。つい最近まで連絡を取ってたと思ったんだけど、最後に連絡したのが七、八年前だそうです。カナちゃんの結婚式に出て以来、連絡していないんですって。ごめんなさいね、私、そんなに前だと思わなくって。年を取るとダメねえ」

「では連絡が取れたら、こちらに電話していただけますか」

手帳に自分の携帯電話番号を記入し、女に渡した。

「わかりました。私は、山本《やまもと》といいます」

「山本さんですね。よろしくお願いします」

　山本と別れ、スマートフォンに記録した金森宣明と今泉修の住所を確認する。地図に住所を入力して位置関係を調べてみると、どちらもいまいる場所から一・五キロほど離れていた。方角的には正反対なのが厄介だ。

　ひとまず金森宣明の住所を訪ねてみることにした。二十分ほど歩いた大通り沿いに『金森工務店』の看板が見えてくる。六階建てのビルだ。あれが金森の実家だろうかと思っていたら、卒業アルバムに掲載されている住所はその隣の一戸建てだった。玄関には『金森』の表札が掲げてあるので、間違いなさそうだ。

　音喜多がインターフォンの呼び出しボタンを押すと、扉の向こうで犬が激しく吠《ほ》え始めた。ややあって、スピーカーから女の声が聞こえてくる。音喜多が来意を告げると、玄関扉が開いて、茶色いトイプードルを抱いた女が現れた。年齢は三十代半ばぐらいだろうか。明るく染めた髪を綺麗にセットした、派手な印象の女だった。

「宣明さんにお話をうかがいたいのですが」

　音喜多は警察手帳を提示した。

「事務所のほうにいると思います」

　こちらへと案内され、女についていく。

女は『金森工務店』のビルのサッシ戸を開いた。

「あなた、警察の方がいらしてるけど」

「警察？」

怪訝そうな声とともに、髪の毛をオールバックに固めた恰幅《かっぷく》のいい男が出てくる。顔がてかてかと光っていて、ダブルのスーツのジャケットがはち切れそうだった。

女も事情聴取に参加したそうだったが、「ありがとうございました」と礼を言って追い払う。

金森に警察手帳を提示し、自己紹介した。

「東京の警察が、なにを……？」

「古溝裕樹さんをご存じですか」

「中学、高校の同級生です。吹奏楽部でも一緒でした」

「最近、連絡を取られていますか」

「いいえ。連絡を取っていたのは、大学卒業してちょっとぐらいまでかな。だからもう十年以上、会っていません。大学の軽音部で組んだバンドでプロを目指しているというところまでは知っていますけど」

その後プロになったことも知らないのであれば、かなり疎遠になっていたようだ。

「古溝がどうかしたんですか」

「亡くなられました」

「ええっ？」

金森の脂っぽい顔が、いっきに赤くなった。

音喜多が古溝の死因を話すと、金森の顔に浮かぶ驚愕がいっそう強くなった。

「信じられない。人の恨みを買うようなやつじゃなかったのに」

「本当ですか」

鳴海から疑わしげに訊き返され、金森がぎょっとして顎を引く。

「鳴海。黙っていろ」

音喜多は鳴海をたしなめ、金森を見た。

「中でお話をうかがっても？」

「長くなるんですか」

気乗りしない様子だが、音喜多たちの推理がたしかなら、宮城の次なる標的になるかもしれない男だ。

「場合によっては」

有無を言わさぬ調子で告げると、「どうぞ」と招かれた。

パーティションで区切られたオフィスで、社員たちがデスクに向かっている。

金森はそのうち、もっとも出入り口から遠い席に座った女性社員の肩を叩き、「応接室にお茶、二つ」と告げた。

オフィスの最奥が社長室になっていて、応接室はその手前にある扉のようだ。八畳ほどの絨毯敷きの空間に、ローテーブルを中心にコの字型にソファが並べられている。

音喜多と鳴海は、金森の対面に腰をおろした。

「桜木中学校の改築は、こちらの会社で請け負っていらっしゃるんですね」

音喜多は応接室の扉を振り返った。事務所の中に、新校舎の完成予想図が掲示されていた。

「そうなんです。母校の改築ということで、気合いを入れて入札に臨みました。かなり勉強させてもらっています。利益が出るギリギリのラインです」

金森はそう言うものの、身なりといい、事務所にいる社員の数といい、羽振りがよさそうだ。隣の自宅も大きかった。

「事務所の上には、なにがあるんですか」

鳴海が天井を見上げる。

「社宅になっています。事業を広げようと思っても、人手が足りないと身動きが取れませんからね。福利厚生には力を入れています」

扉がノックされ、女性社員が入室してくる。

女性社員はローテーブルに社長と来客二人ぶんの湯呑みを置き、失礼しますとお辞儀をして去っていった。

　金森が湯呑みに口をつける。

「古溝が死んだと聞いて驚きましたけど、なぜ私のところに？　さっきも話しましたが、私たちはもう十年以上も音信不通です」

「貝沢大輝さん、という名前を覚えていらっしゃいますか」

「貝沢……いたっけな」

　とぼけているのではなく、本気で思い出せないようだ。

「中学時代、同じ吹奏楽部だった方です」

　あっ、と金森の口から声が漏れた。

「飛び降り自殺した……」

「そうです。その貝沢大輝さんです」

「たしかにいました。なんであんなことをしたのか、かわいそうに……」

　演技ではなく、本気で同情しているように見える。

「それが古溝の事件と、なにか関係あるんですか」と、金森は顔を上げた。

「貝沢大輝さんは、高所から飛び降りて自殺しました。古溝裕樹さんは、マンションの屋上から何者かによって転落させられました。我々は、犯人が貝沢大輝さんの復讐をしているのではないかと考えています」

「貝沢大輝さんの名前すら、思い出すのに時間がかかりました」

「忘れていない」

「忘れているだけでしょう」

「それはそうですが、私のせいで自殺したなんてことはない」

「あなたは中学時代、古溝裕樹さんと親しくしていましたよね」

金森が自分を指さす。

「あなたたちって、もしかして私のことですか」

反応まで、数秒の間があった。

「あなたたちのせいで、一人の少年が自ら命を絶ったということです」

「覚えていないって、なにを？」

鳴海が声を鋭くし、前のめりになる。

「本当に覚えていないんですか」

「そうなんですか」

「貝沢大輝さんは、同級生の少年とひそかに交際していました。そのことを古溝さんたちに知られ、からかわれたことで、吹奏楽部を辞め、自殺したようです」

金森の頬が強張る。

「復讐……ですか」

「たんに仲良くなかったからだろう。吹奏楽部っていっても、一学年で二十人だかいたんだ。全員と親しくしていたわけじゃない」

「貝沢大輝さんと交際していた人物が話していました。廊下で古溝さんから足で通せんぼされて、おまえ、オカマらしいなってからかわれた。周囲の生徒はにやにや笑いながら見ていたって」

　しばらく記憶を辿るような間があって、金森が言う。

「だったらなんだって言うんだ。それは古溝がやったことだろう。おれはなにもしていない」

「一緒にいたのに友人を止めることもせず、にやにやしていたら共犯です」

「なんなんだ、あんた」

　どうなっているんだという感じに、金森が音喜多を見る。

「鳴海。落ち着け」

　気持ちはわかるが、過去のいじめを糾弾しに来たのではない。しかしこうなったら鳴海を止めることができないのも、またわかっている。

「ちゃんとこっちを見てください。あなたが話しているのは、私です」

　鳴海が自分の鳩尾《みぞおち》を指さす。

「ふざけんじゃないぞ。こっちは忙しい中、時間を作ってやっているんだ」

「忙しいわけないでしょう。現場にも出ないでふんぞり返っているくせに。おおかた親の会社を引き継いで、ろくに現場仕事も覚えずに社長の座に就いて威張り散らしているだけなんでしょう」

「なにを根拠に……」

「その手、ですよ。そのふにゃふにゃのなまっ白《ちろ》い手。そんな手で現場仕事ができるわけない。手には人生が表れるんです」

　金森が自分の手を隠す素振りをする。

「それにさっきのお茶を運んできた女性の社員さん、ノックの音が怯えているようでした。社員さんにお茶を頼むときの態度も横柄だったし、応接室のソファは高級なのに、社員さんたちの椅子は安物を使っています。事務所の隅に掃除当番の分担表が貼ってあったけど、ガラス拭きやトイレ掃除に加えて、社長の車の洗車まで業務に加えられていました。そんな会社の経営者が福利厚生に力を入れているなんて、ぜったい嘘だし」

「言い過ぎだ。鳴海」

　音喜多は鳴海の肩に手を置いた。

　金森はこれから泡でも噴くのではないかという感じで、不自然な音を口から発している。

「だって、おかしいですよ。いじめっ子がなんの罰も受けないまま、それどころかいじめたことすら忘れて社会的に成功するなんて」

「だとしても、おれたちにはどうすることもできないし、その権利もない」

「この上の寮だって、福利厚生が目的なわけありません。ブラックな労働環境から逃げられないようにするためです。お金のない人を会社の寮に住まわせれば、安い賃金でこき使うことが……」

ふいに、鳴海が天井を指さしたまま固まった。口を半開きにして天井を見つめる様子は、電池が切れた玩具のようだ。

「おい。どうした」

鳴海が弾かれたようにこちらを向く。

「この会社、桜木中学改築の施工業者です」

「ああ」

「ほかに行き場のないような人を寮に住まわせて、安い賃金でこき使っているんです」

「そんなことはして──」

金森の反論をかき消したのは、音喜多の大声だった。

「あああああっ！」

金森がびくっと両肩を跳ね上げる。

「なんなんだ、あんたら」

「吹部ノートか」

音喜多が言い、鳴海が頷く。

石碑の移設を行うために地面を掘り返した業者が、タイムカプセルを発見した。それは殺された古溝裕樹と、二十年前に自殺した貝沢大輝が所属していた代の吹奏楽部一同が埋めたものだった。ところが開封されたタイムカプセルからは、貝沢大輝の吹部ノートが出てこなかった。母親が保管する大輝の遺品の中にも、吹部ノートはなかった。

最後の定期演奏会を前に、貝沢大輝が吹奏楽部を退部した背景などもあり、どこかに紛れてなくなってしまったと思った。

だが吹部ノートは、存在したのではないか？

貝沢大輝が吹部ノートでいじめを告発していたとしたら？

そしてそのノートを発見したのが、宮城だったとしたら？

人生のもっとも輝かしい瞬間を提供してくれた貝沢勲にたいして、宮城は多大な恩を抱いている。裏社会に足を踏み入れても酔うと繰り返しその話をするほど、吹奏楽コンクール全国大会出場の記憶は、宮城にとって重要な生きる糧となっていた。そしてその思い出の強い光を打ち消せないほど、のちの人生はままならないものだった。

恩師の息子を死に至らしめた相手への復讐。動機としてはありえるものの、古溝と面識すらない宮城が、なぜ古溝たちの所業を知りえたのかが不可解だった。

この『金森工務店』で働いていたとしたら、どうだろう。

金森は安い労働力を確保するため、労働者を寮に住まわせていた。金森自身は福利厚生に力を入れていると話しているが、住まいまで提供する仕事の多くには、離職を防ぐ目的がある。過酷な労働環境であっても、ほかに住む場所がなければ逃げ出せない。

刑期を終えて出所した宮城は、その経歴がネックとなり、住まい探しや仕事探しにも苦労しただろう。結局、地元に戻ってきて仕事と住まいが与えられる『金森工務店』のような求人に飛びついたのではないか。

そして桜木中学の改築工事に従事し、タイムカプセルから貝沢大輝の吹部ノートを発見した。貝沢大輝の自殺の真相を知って、天命を与えられたような感覚に陥ったのかもしれない。

タイムカプセルは開封式前にすでに開封されていた。

タイムカプセルの発見者は、宮城和雄――？

現段階ですべては憶測に過ぎない。

しかしただの憶測なのか、知られざる真実なのか、確認するのは簡単だ。

「金森さん。宮城和雄という男をご存じですか」

「な、なんですかそれ、誰ですか」

にわかに色めき立った音喜多に、金森は怯えたようだった。

音喜多はスマートフォンに宮城の写真を表示させた。新聞販売店の面接の際に履歴書に添付された証明写真を撮影したものだ。

「この顔に、見覚えはありませんか」

おののきながら何度か液晶画面に視線を向けた金森が、顔を横に振る。

「知らない。こいつは誰なんだ」

「音喜多さん。この人じゃダメです。現場にも出ていないし、実務も部下に任せっぱなしのはずだから」

「なんだと！」

金森が顔を真っ赤にする。

鳴海をたしなめるのも忘れ、音喜多は応接室を飛び出した。

すぐそこのデスクに、先ほど茶を運んできた女性社員がいた。彼女に駆け寄り、スマートフォンの液晶画面を見せる。

「すみません。この人、知りませんか」

女性社員は戸惑いながらも、液晶画面に目を向ける。

そしてすぐに音喜多に視線を戻した。

「宮城さんですよね。宮城、和雄さん」

雷に打たれたような衝撃が、音喜多の全身を駆け抜けた。

インタールード　──二十年前

「なにかお探しですか」

女性店員の声で、貝沢は我に返った。

紺色の制服を着た店員が、微笑を浮かべている。

「すみません。長々と」

髪の毛をかきながら上体を起こした。ほとんどガラスに顔をくっつけそうな勢いで、ショーケースを見つめていた。ケースの中に陳列されているのは、コルネットだった。苫小牧市内の小さな楽器店と違い、札幌駅近くの楽器店は品揃え豊富で、コルネットだけでもメーカーや価格帯など選択肢が多いため、つい真剣に見入ってしまう。

「よかったら試奏もできますが」

「ありがとうございます」

「あちらに試奏室も用意してございます」

店員は広い店内の奥のほうを示した。防音ルームの小窓が二つ、並んでいる。

了解しましたという感じの笑顔を作り、ショーケースに視線を戻す。試奏はしたほうがいいだろう。だからといって、すべての楽器を吹き比べるのも大変だ。

「まあ、最初はヤマハあたりかな」

　無意識に心の声が漏れていた。

「これからコルネットを始められるんですか」

「いいえ。私は経験者です。息子のものを」

「お子さんでしたか」店員の笑みが深くなる。「息子さん、おいくつですか」

「十二歳です。中学に入ったばかりで」

「じゃあ、吹奏楽部」

「ええ」

「お父さんと一緒の楽器を選んでくれるなんて、嬉しいですよね」

「まあ、そうですね」

　曖昧な笑みは、照れ隠しだった。

　吹奏楽部に入ることにしたと大輝から告げられたのは、先週のことだった。小学校ではずっとサッカーをやっていたので、吹奏楽部を選んでくれるとは予想もしていなかった。まったく期待していなかったといえば嘘になるが、自分の趣味を子どもに押しつけるのは親のエゴだと思い、あえて希望を伝えることはしなかった。

　その息子が、夕食の席で言ったのだ。

――見山高校に入って、お父さんと一緒に全国大会を目指したい。

それなら勉強も頑張らないといけないな。見山高校は進学校だから。三年間楽器に打ち込んだ結果、高校受験に失敗したら元も子もない。

冷静を装って諭しながら、心の中で小躍りしていた。妻には喜びを隠しきれていなかったらしく、もうちょっと素直に喜んであげればよかったのにと笑われた。わかっているが、男同士は難しいのだ。

言葉や態度で喜びを伝える代わりに、新しいコルネットを贈ることにした。日曜日、部活の指導を終えた貝沢は、札幌まで車を飛ばしたのだった。

どの楽器にしよう。普通に考えれば初心者用の手ごろな値段のものを選ぶべきだろうが、これから長く使い込んでいくのならば、最初からそれなりのものを手にしてもいい。しかし部活で使用するのだから、ほかの生徒とのバランスもある。初心者なのに珍しいメーカー製だったり、高価だったりするのは浮いてしまうだろう。かといって安すぎるのも考えものだ。奏者の技量次第とはいえ、高価なものほど良い音が鳴るポテンシャルがあるのは間違いない。息子はいずれ、全国大会の舞台に立つつもりなのだから、楽器もそれなりのものを持つべきではないか。

散々悩んだ挙げ句、十万円弱のものを指さした。

「こちらを、試してみても？」

「もちろんです」

結局、最初は満面に笑みを浮かべていた店員の顔にかすかなあきれがうかがえるほど、何種類も吹き倒し、気づけば三時間近くが経過していた。最終的に選んだのは、最初に試奏したものだった。

そしてその日の夕食を食べ終えた後、宿題をするために食卓を離れようとした大輝を「ちょっと待ちなさい」と呼び止めた。なにかお説教されると思ったのか、大輝は頰を固くしながら、救いを求めるように母親のほうを見ていた。

しかし貝沢が差し出したハードケースを開いた瞬間、緊張は吹き飛び、花が咲いたような笑顔になった。

「本当に？　本当にもらってもいいの？」

何度も確認しながら、嬉しそうにコルネットを見つめていた。

マウスピースに口をつけて息を吹き込んでみたが、最初からまともに鳴らせるはずがない。ブスッと間抜けな音が出て、家族全員で笑った。幸せだった。これからもっと大きな幸せが待っていると思っていた。少なくとも、大輝には明るい未来が拓《ひら》けているはずだった。

それなのに――。

貝沢は薄くまぶたを開く。

靄《もや》がかかったような視界に、無機質な天井が映っている。

左に黒目を動かすと、スタンドに吊るされた点滴パックが見えた。ぽとり、ぽとりと落ちる点滴液が、いまの貝沢の生命をつないでいる。そんなことはしなくていい。もう生きていたくない。いっそ死なせてくれ。ひと思いに殺してくれ。

しかし衝動を行動に移せないほど、貝沢の肉体は衰弱していた。

どうしてこうなった。考えても意味がない。答えが出ないのはわかっているのに、考えてしまう。

自分の病気のことではない。

息子の自殺のことだった。

大輝にコルネットを練習するよう、強制したことはない。彼は自分の意思で吹奏楽部を選んだ。父と一緒に全国大会を目指したいと言ってくれた。

息子に甘えてしまったのだろうか。息子が高校で全国大会を目指したいと言ってくれている。そのために見山高校の吹奏楽部を強くしなければならない。それが息子の望みなのだから、父と過ごす時間を犠牲にされたところで本望に違いない。だから息子を顧みずに、吹奏楽部の指導に打ち込める。そんな考えはなかったか。

あるいは、息子に楽器をやらせたこと自体が間違っていたのか。本当は楽器なんかに興味はなく、たんに父親の注意を引きたい一心で吹奏楽部を選んだだけなのに、真意を見抜けない愚かな父親が舞い上がってしまった。そのせいで後に退《ひ》けなくなった大輝が、追い込まれる結果になった。

きちんと目配りできていれば、息子の悩みに気づけたのか。気づいたところで彼の満足いく対応ができたのだろうか。部活を辞めたことを叱らなければよかったのか。航空券とホテルはキャンセルできないのだからと、強引に全国大会に連れて行けばよかったのか。

わからない。

どこでなにを間違ったのか。

そもそも息子がなぜ死んだのか、ヒントすら残されていない状況では、すべてが憶測に過ぎない。

いや、ヒントは残されているのに、気づいていないだけかもしれない。

思考が迷宮に潜り込む。病魔に冒された貝沢には、気を紛らわせるために行動することすら許されない。夢の中で息子と会えるのを祈りながら、眠りに落ちるのを待つだけだ。

早く生命の炎が燃え尽きてほしいと願う。

一刻も早く、息子のもとに行きたいと切望する。

ふいに視界が滲む。睡魔に襲われたのではない。涙がこぼれ落ちたのだ。

目尻から流れた涙が、こめかみへと伝って白いシーツに染みを作る。

貝沢には、それを拭う体力すら残されていなかった。

第四章

1

液晶画面に最上の名前が表示され、音喜多は『応答』ボタンをタップした。

『お疲れさん』

明るい声の調子でなんとなく察せられたが、いちおう確認する。

「どうだった」

『今泉修の無事が確認された』

安堵で全身が脱力した。

「よかった」

『いちおう警護もつけた。おれとしてはしばらく泳がせて、宮城が現れるのを待ったほうがいいんじゃないかと思ったんだが、命を狙われてるかもしれないと知って、本人がブルッちまってしょうがないらしい。古溝とつるんでいたのは間違いないが、貝沢大輝や横山健太郎をいじめた記憶はないんだとよ。宮城のことを頭のおかしな殺人鬼と決めつけているみたいだった。人間、図太いやつほど都合の悪いことは忘れるもんだな。あきれたもんだ』

　最上は鼻で笑った。

「これでいちおう、古溝と仲が良かったグループとして名前が挙がった連中の無事が確認されたな」

『心情的には、宮城に始末させてもよかった気もするが』

「そう言うな。おれたちは警察官だ」

『まあな。それにおれだって、自分では覚えていないだけで、誰かをいじめた過去があるのかもしれない』

「おまえの場合は、自分で覚えている以外にも、誰かをいじめた過去があるかもしれない、だろう」

『おいおい、それが仏《ほとけ》の最上を捕まえて言う台詞《せりふ》か』

「そんな通り名、同僚の誰も知らないぞ。頭のかたちは仏っぽいけどな」

『それを言うなら地蔵だろ』

「なら地蔵の最上か」

『しまった。墓穴を掘っちまった』

電話口で笑い声が弾けた。

宮城は出所後、三週間ほど前まで『金森工務店』で働いていた事実が判明した。車両系建設機械運転技能講習を受け、桜木中学校の改築現場でパワーショベルを扱っていたようだ。

ところが突然、寮から姿を消したらしい。低賃金の長時間労働という劣悪な労働環境で従業員をこき使っていた『金森工務店』では、寮を完備しているにもかかわらず従業員が「飛ぶ」のは珍しくなかったようで、社員もとくに安否を気遣ったり、行方を追ったりはしなかった。

ほかの従業員が土中からタイムカプセルを見つけたと現場監督に報告したのは、宮城が消えた翌日のことだ。

すべての点と線がつながった。

宮城はタイムカプセルの第一発見者だった。

タイムカプセルをこっそり開封し、恩師の息子の自殺の原因を知ったことで復讐を決意する。古溝裕樹がミュージシャンとして有名になっている事実も、宮城の怒りに火を注いだかもしれない。宮城は北海道から身一つで上京し、新聞販売店で働きながら古溝の所在を探った。そして古溝の住まいを突き止めてからは、古溝の自宅の出入りを監視できる場所にウィークリーマンションを契約し、標的の帰宅を粘り強く待った。それこそ深夜の二時三時に帰宅してもすぐにマンションを飛び出して古溝に接触できるほどの、異常な執念を発揮して。

貝沢大輝の吹部ノートになにが書かれていたかはわからないが、ほかの生徒の名前も書かれていれば、宮城が次なる犯行に及ぶ可能性もある。横山健太郎から古溝の取り巻きとして名前の挙がった、金森宣明以外の生徒の所在特定を急ぐことにした。

今泉修は東京都中央《ちゅうおう》区晴海《はるみ》のタワーマンションで、一回り年下の若い妻と暮らしていた。いまは霞《かすみ》ヶ《が》関《せき》勤めの高級官僚らしい。今泉の安否を確認するよう捜査本部に要請した結果が、いまの最上の電話だ。

そして音喜多たちは、函館にいた。

旧大里家の斜向かいに住んでいた山本に取り次いでもらったところ、大里哲也は北斗大学函館キャンパスで准教授の職に就いていた。現地の警察に大里の安全確保を要請した後で、函館行きの列車に飛び乗ったのだった。

『帰りは明日か』

「だな。今日はもう飛行機がないし、貝沢大輝の母親のところにも立ち寄っていきたい」

『息子は父親を恨んで自殺したわけじゃなかった……か。二十年越しに明らかになった真相が、少しは救いになるだろうか』

「そう願うよ」

ごめんなさい。

『イーグル』で預かった横山健太郎の謝罪の言葉も、伝えなければならない。

「肝心の宮城の行方はどうだ。少しは手がかりはつかめたのか」

『いいや。さっぱりだ。早く帰って手を貸してくれ』

「ようやくおれの必要性を痛感したか」

『違う。おまえじゃなくて鳴海女史の手を借りたいって言ってるんだ』

「ふざけんな」

歩きながら隣を一瞥する。

鳴海はスマートフォンを見つめながら歩いていた。液晶画面に開いているのは、地図のようだ。

通話を終え、コートの前を合わせてぶるりと身を震わせる。港町で風が強いからか、それともたんに陽が落ちたからか、函館は札幌よりいちだん寒い。

「どこに向かっている」

最上と通話しながらなんとなく鳴海についてきてしまったが、どこに向かっているのかわかっていない。

「ラッキーピエロです」

「ラッキー……なんだ？」

「ラッキーピエロ。函館だけで展開しているハンバーガーチェーン店です」

「食い物かよ」

「いいですよね。もう飛行機は間に合わないし、大里には地元警察の警備がついたし」

「悪くはないが……なんで機嫌悪そうなんだ」

いつも満面に笑みを浮かべながら食事する女が、まるでこれから親の仇《かたき》と対峙《たいじ》するかのような顔つきで歩いている。

「機嫌悪いっていうか、むかついています」

「むかついているって、なにに」

「自分の仕事にです」

やれやれと、音喜多は息を吐いた。

「気持ちはわかるが、しかたがないだろう」

「昔いじめっ子だったから、罰を受けて殺されろとは言いません。誰だって過ちは犯すし、反省してあらためる機会は与えられるべきだと思います。でも……」

鳴海が怒りを堪えるように、唇をくいっと歪める。

大里哲也は、貝沢大輝や横山健太郎をいじめた過去を、ほとんど覚えていなかった。先ほどの最上からの報告によれば今泉修も同じだったので、殺された古溝以外の取り巻き全員がいじめを覚えていないことになる。こうなるとそもそもいじめ自体が存在しなかったのではと疑わしくもなるが、行動自体は紛れもないいじめであっても、本人たちにはいじめている意識がない場合もある。

たしかなのは、貝沢大輝の自殺に不審な点があること、横山健太郎は貝沢との交際を古溝一味にからかわれ、いじめられていたと話していること、そしておそらくは、宮城が古溝を殺害したことだ。

「あの大里の言《い》い種《ぐさ》！」

鳴海が歩きながら、たん、と踵《かかと》を地面に打ち付ける。

宮城に命を狙われている可能性があると告げられた大里は、過去の所業を棚上げにして、自分の人生が上手くいかない底辺の嫉妬だと切り捨てた。宮城が不幸なのは努力が足りないせいだ、とも言った。覚えていないけど、男同士で手をつないでいたら、そりゃからかいたくもなるでしょう、とも言った。いじめのつもりじゃなかったのに、たぶん、曲解されたんだ、とも言った。自分のほうが社会に貢献しているので、人間としての価値が高いのに、とも言った。大里の一連の発言を聞いて、本人にいじめた自覚がなくても、きっといじめていたのだろうと、音喜多は確信した。

「傷つけるつもりはなかったから、勝手に傷ついた相手が悪いなんて、とんでもない傲慢です。開き直りです」

「そうだな」

「大事なのは人を傷つけてしまったという結果で、その原因が自分の想像力の欠如にあると顧みて、反省することです」

「その通り」

「それなのにどうして、傷ついた相手のほうに責任があることになるんですか。おかしいですよ」

鳴海の弁舌が熱を帯びてくる。

「おれもそう思う」

「貧しいのだって、男性しか好きになれないのだって、自分のせいじゃない！　ただ自分が経済的に恵まれていて、ただマジョリティだっただけじゃない！」

「でもおれたちは大里を守らないといけないし、宮城を捕まえて罰を受けさせないといけない」

「そんなのわかってます！　私たちのやるべきことは変わらない！　わかってるから、むかつくんです！　むかつくから、お腹が空くんです！」

むかつくことと腹が空くことの因果関係はピンとこないが、やけ食いしないと収まらないという心境は、理解できなくもない。

せめて覚えていてくれれば、せめて過ちを悔いていてくれれば、だいぶ心持ちも違っただろう。あるいは、宮城も元いじめっ子たちにそれを望んでいたのかもしれない。その願いは叶わなかった。他人を傷つけたことすら忘れた元いじめっ子たちが、なんの報いを受けることもなく社会的に成功し、家庭を築き、人生を謳歌《おうか》している。持てるものが持たざるものを虐げ、多数派が少数派を笑いものにしながら、大手を振って歩いて行く。世の中は理不尽きわまりないし、法律は不完全きわまりない。

「よし。たくさん食え。おれの奢《おご》りだ」

「言われなくてもたくさん食べます」

むすっと口をへの字に結び、こぶしを握り締めたまま、鳴海は早足になった。

全体が緑色に塗られた、三角屋根の建物が近づいてくる。黄色い看板に『ラッキーピエロ』の文字。アメリカ映画に登場するダイナーのようで、外観からして全国展開するハンバーガーチェーンとは一線を画している。扉の横にもピエロ像のほか、なぜか赤い車を駆るエルヴィス・プレスリーらしきオブジェが置かれていた。

店内もエルヴィス・プレスリーだらけだった。エルヴィス・プレスリー像のほか、壁にはエルヴィスのレコードジャケットが貼りつけてある。

「すごいな。これでもいちおう、チェーン店なのか」

「この内装はここだけみたいですけど」

鳴海は肩をいからせながらカウンターに向かった。

白いコック帽に緑色のエプロンを着けた店員の笑顔が迎える。

しばらく無言でメニューを睨みつけていた鳴海が、ふと鋭い視線をこちらに向けた。

「ここって、奢りでしたっけ」

聞き流されたと思っていたのに、しっかり聞いていたのか。

そう思ったのと同時に、まずい、と直感した。

こいつ、自腹でないのをいいことに、とんでもない量の注文をする気だ。

だが音喜多は、魅入られたように頷いていた。

「あ、ああ」

直後、直感が間違っていなかったのを痛感させられた。

2

函館市内のビジネスホテルに宿泊し、翌朝、列車で三時間かけて苫小牧に戻った。

貝沢美智子とのアポイントは、前日のうちに取っておいた。午前中は病院に行くので午後にしてほしいといわれたので、午後二時にお邪魔しますと伝えておいた。

駅からはタクシーを利用し、美智子のアパートに到着したのは、約束した時刻の五分前だった。

扉の横の呼び鈴を押して待ったが、反応はない。

しばらく待ってもう一度押したが、結果は同じだった。

「壊れてるのか」

「そんなことないと思います。チャイムの音、聞こえますし」

鳴海の言う通り、扉の向こう側でうっすらとチャイムが鳴っている。

「おかしいな。約束を忘れたのかな」

昨日の今日でそんなことはないと思うが。

「買い物にでも出かけているんでしょうか」

「十四時って約束したんだけどな」

「四時と間違えたとか」

「そんなバカな」

スマートフォンで貝沢美智子の番号を呼び出し、音声発信した。呼び出し音が続くだけだ。応答はない。

「貝沢さん。貝沢さーん」

鳴海は扉をノックしながら呼びかけているが、そもそも人の気配が感じられない。おそらく留守にしている。

すると、隣の部屋の扉が開いた。

「うるさいよ」

白くなった長髪を頭の上でお団子にした高齢の女性だった。おとなしそうな貝沢美智子とは対照的な雰囲気だ。

「すみません」

鳴海の代わりに謝った。

「貝沢さんならいないよ。さっき出かけてた」

「どちらに？」

「そんなこと、私が知るわけないさ。赤の他人なんだから」

女が迷惑そうに顔を歪める。

「何時ごろ、出かけられたんですか」

「二十分とか三十分とか、そんなものじゃないか。誰かが訪ねてきて、一緒に出かけていったよ」

音喜多と鳴海は顔を見合わせた。

「誰か？」と鳴海が訊き返す。

「ああ。このアパート、壁が薄いから声が丸聞こえになるんだ。あんたがノックしてる音も、まるでうちに誰かが来たんじゃないかと思うほど響くんだから」

「そんなに音が響くのなら、話し声もよく聞こえるんですよね」

鳴海の問いかけに、女は大きくかぶりを振る。

「なにを話しているかまではわからないよ。そもそもわかったところで、聞きたいとも思わない。そんなの悪趣味だからね」

「どういう人が訪ねてきたのかは——」

音喜多が言い終える前に、鬱陶《うっとう》しそうに声をかぶせられた。

「だから知らないって。他人の会話に聞き耳を立てたりはしないんだ。ただ男の声がするなと思って、しばらくしたら扉が開く音と、足音がしたから、出かけるんだなと——」

今度は鳴海が声をかぶせた。

「男だったんですか」

「そうだよ。会話の内容まではわからない。でも訪ねてきたのが男だったのは間違いない。もういいかい」

老女は扉を閉めた。

振り返った鳴海と、目が合う。

たぶん同じことを考えている。

念のためにもう一度、貝沢美智子に音声発信した。つながらない。

諦めてスマートフォンを耳から離したとき、鳴海が言った。

「建物の側面に入居者募集の看板が出ていました」

不動産管理業者の電話番号も、当然記載されているだろう。

看板に記載された番号に電話し、入居者の安否確認のため立入調査を行いたい旨を告げる。独居老人の孤独死は御免被りたいということか、業者の対応は協力的で、十五分後には不動産管理業者の社名がプリントされた軽自動車が到着した。スーツを着た若い男が、部屋のマスターキーを持って飛び出してくる。

扉を開けた瞬間、線香の匂いが鼻をついた。

狭いキッチンを抜け、居室に入る。

仏壇の前の線香立ての線香は、すでに燃え尽きているようだ。それでもこの匂いは、先ほどまで人がいた事実を示唆している。

隣室の女性は二、三十分前に出かけたと話していた。それから十五分後なので、まだ一時間経っていない。

争った形跡はないので、貝沢美智子が無理やり連れ出されたわけではなさそうだ。

「音喜多さん！」

鳴海がちゃぶ台に歩み寄る。

そこにはキャンパスノートがあった。表紙には『吹部ノート』、その下には少し小さな字で『三年二組　貝沢大輝』とマーカーで書かれている。

畳に膝立ちになった鳴海が、慌ただしくノートをめくる。シャープペンシルの細かい文字で、日々の練習メニューや課題、今後の目標などが綴られていた。それにたいする顧問教師からの返事は赤いボールペン字。いまや桜木中学の校長にまで上り詰めた加藤のコメントは、古溝へのそれに比べてやはりそっけない。それでもほかの生徒のノートの中身を見る機会がないせいか、貝沢大輝には邪険にされている意識はなさそうだ。むしろ教師の反応の薄さによって、独白の色合いが濃くなっていくようだった。日を追うごとに、友人関係や親子関係などの、個人的な悩みも吐露されるようになる。

そして十月に入ったある日、その文章は記されていた。

――僕は男性しか好きになれません。ある男の子と付き合っています。仲の良い友達のように振る舞っているけど、二人の間にあるのは友情ではなくて愛情です。隠しているのがつらいです。つねにみんなに嘘をついているようで苦しいです。お父さんとお母さんにも、本当のことを言いたい。でも本当のことを言った後の反応が怖い。

後頭部を鈍器で殴られたような衝撃を受けた。

「これって、もしかして……」

鳴海を見ると、彼女がノートに視線を向けたまま言った。

「当時の吹奏楽部顧問だった加藤が、貝沢大輝さんの秘密をアウティングした張本人だったのでしょう。ジュリアさんは、手をつないでいたところをたまたま見られたのかもしれないと言っていたけど、違った。加藤が古溝に打ち明けた。ボス猿を手なずけるための餌にした」

その後、ノートは白紙になる。

これで終わりかと思ったが、数ページ後にふたたび文字が現れた。

その瞬間、音喜多は息を呑んだ。

横書きの紙面の一番上に『遺書』と大書されていたのだ。文章は次のように続いていた。

——この文章を誰かが読むとき、僕はもうこの世にいません。自殺しようと思った理由は、誰も信じられなくなったからです。僕が男の友達と付き合っていて、誰にも言えずに悩んでいることをこのノートに書いたら、次の日から古溝くんたちにからかわれるようになりました。たぶん先生がばらしたんだと思います。このままだと吹奏楽部全員に言いふらされてしまうし、そうなれば学年全体学校全体に知れ渡ることになります。そんなのは耐えられません。見山高校の吹奏楽部でお父さんと一緒に吹奏楽コンクールの全国大会に出場するのが夢だったけど、古溝くんも見山高校に進学するつもりのようなので、それもできなくなりました。このままずっと、白い目で見られて後ろ指をさされながら生きていくぐらいなら、死んだほうがマシです。だから死にます。お父さん、お母さん、ごめんなさい。さようなら。

読み終えた後、しばらく放心していた。

鳴海の声で我に返る。

「このノートがここにあるということは、貝沢美智子さんを訪ねてきたのは、宮城と考えて間違いなさそうですね」

もともと貝沢美智子がノートを隠し持っていた可能性もあるが、前回訪問したときの感触では、そんな重大な秘密を隠しているようには見えなかった。何者かによって持ち込まれたと考えるほうが自然だ。

「宮城が貝沢さんを連れ出した……ってことか」

鳴海がノートを持ち上げる。

「タイムカプセルからこのノートを発見した宮城は、貝沢大輝くんの自殺の真相を知った。そしてその原因を作った古溝裕樹を殺害した」

「その後地元に舞い戻り、貝沢美智子さんを訪ねる。そこまでは理解できる。息子の遺品を返しに来たんだ。だが二人でどこに出かけた？」

まさか食事に出かけたわけでもあるまい。

しばらく考え込んでいる様子だった鳴海が、おもむろに口を開く。

「大里や金森、今泉といった、いじめに加担していた宮城の取り巻きに警護をつけたのは、的外れでしたね。このノートには古溝以外のいじめっ子の名前が挙がっていません。ただ、このノートを読めば、大輝くんを自殺に追い込んだ原因を作った張本人がわかります」

「加藤……か」

鳴海が頷いた。

「宮城にあらかじめそういう計画があったのかはわかりません。ですがいずれにせよ、このノートを読んだ貝沢美智子は、加藤への殺意を抱くでしょう」

宮城はいじめた張本人に矛先を向けたが、自らが中学生の母親だった貝沢美智子は、本当に悪いのは大人だと感じた。いじめた張本人はもちろん悪い。だが、しょせんまだ未熟な中学生だ。それよりも、結果が予想できたはずなのに、軽率な行動をとった大人のほうが元凶で責任が重い。そういう思考は理解できる。古溝が罰せられたのであれば、当然、加藤も罰せられるべきだ。

スマートフォンで時刻を確認する。もうすぐ午後三時になろうかという時間だった。

「加藤はまだ学校にいるはずだ。桜木中学校に向かうぞ」

「はいっ」

「あの、私は……」

不動産管理業者の男がおろおろしている。

「車で桜木中学校まで送ってくれませんか」

「わ、わかりました」

アパートの部屋を出て、不動産管理業者の車に乗り込んだ。

雪がちらつき始めていた。

3

音喜多と鳴海を乗せた車が桜木中学校の敷地に乗り入れるころには、地面に雪が積もり始めていた。踏みしめた足もとから冷気が伝わってくる。

こんな天気なのに、改築工事は続いているようだ。ドリルでコンクリートに穴を開けるような、ガガガガという音が響いている。

送ってくれた不動産管理業者の男に礼を言い、校舎に入った。

職員室を素通りし、校長室の引き戸を開ける。

誰もいない。

校長室を出て、職員室の引き戸を開いた。

部屋にいた職員の視線が、音喜多たちに集中する。

「校長先生は？」

もっとも出入り口に近いデスクについていた、角刈り頭で上下ジャージのいかにも体育教師っぽい雰囲気の男が、椅子ごと回転してこちらを振り返る。

「あなたはいったい……？」

音喜多が警察手帳を提示すると、ジャージの男が軽く背を丸めた。「校長先生は？」とあらためて訊ねる。

「わかりません」

ほかの職員の意見を求めるように、室内を見回す。

奥のほうでプリントの束を抱えた女が口を開いた。

「外出の予定は聞いていないから、校長室だと思いますけど」

「校長室にいないんです」

鳴海の台詞だった。

「だったら……」

職員たちが互いの顔を見合わせる。

「トイレじゃないかしら」

どこからかそういう声が上がった。それぐらいしか想像つかないようだった。

「音喜多さん。屋上」

鳴海が天井を指さした。たしかに加藤に我が子と同じ痛みを与えたいと願うなら、古溝と同じように高所から突き落とすつもりかもしれない。

音喜多は頷く。

「この学校の屋上は、生徒たちに解放されていますか」

「いいえ。改築中は粉塵《ふんじん》も舞うだろうからと、いまは封鎖しています」

ジャージの男が答えた。

「施錠されているのですか」

「はい」

「鍵を貸してもらえませんか」

ジャージの男はどう答えるべきか戸惑ったようだったが、「早く！」と音喜多が手招きすると、弾かれたように動き出した。

借りた鍵を手に、階段を屋上へと駆け上がる。鍵を貸した手前、立ち会う必要があると考えているのか、ジャージの男も追いかけてきた。

二段飛ばしで階段を駆けのぼっていた音喜多は、ふいに足を止める。

屋上の出入り口の扉までは、残り十段ほどだった。だが両開きの扉の取っ手にはチェーンがぐるぐる巻きにされた上で、南京錠がかけられている。ここから屋上に侵入したとは、到底思えない。

「屋上への出入り口は、ここだけですか」

「そうです」

だとしたら望みは薄いか。

念のために鍵を開け、チェーンを解いて屋上への扉を開いた。

そこには柵に囲まれた真っ白な床が広がっていた。いっさいひと気はない。

屋上に出て周囲を見回してみる。改築工事のけたたましい音をＢＧＭに、灰色の空から雪は降り続き、街並みを白く塗りつぶしていた。

「ここじゃないとしたら、どこだ」

吐き出す息が白い。だが寒さを感じる余裕もない。

「校長の携帯に電話してみましょうか」

ジャージの男が提案した。

「ぜひお願いします」

ジャージの男はスマートフォンを耳にあてたが、鳴海から「スピーカーでお願いします」と言われ、液晶画面を上にしてこちらに向けた。

しばらく続いていた呼び出し音が、ふいに途絶えた。

つながった。

「もしもし。校長ですか。トヨタです。いまどちらにいらっしゃいますか」

返事はない。衣擦《きぬず》れのような音や、少し震えた息の気配がするので、つながっているのは間違いないだろうが。

「もしもし。もしもーし」

大声で呼びかけるジャージの男に、鳴海はしっ、と人差し指を唇の前で立てた。そこからは全員が無言で、スマートフォンから聞こえてくる物音に耳を澄ませる。だが工事の音がうるさくてよく聞こえない。

音喜多は扉のほうを指さした。屋内に入れば多少マシになるだろう。ジャージの男が頷き、開け放たれた扉のほうへと歩き出した。音喜多と鳴海も、耳をそばだてたままついていく。

屋内に入り、扉を閉めると、さっきより格段に聞こえやすくなった。

だがそのとき、男の怒号が聞こえた。

『なんだ？　おい、なんで電話つながってるんだ！』

争うような物音。

『やめて！　助け――』

抵抗する女の声の途中で、通話が途絶えた。

「なんですか、いまの。いまのは校長ですか」

頭と肩にうっすら雪を積もらせたジャージの男の顔色が悪いのは、寒さのせいではないだろう。いまは彼の疑問に答えている暇はない。

「鳴海。なにかわかったか」

全身を耳にして集中したつもりだったのに、音喜多には加藤の居場所を特定できそうな情報を拾い上げることができなかった。情けないが、鳴海の耳が頼みの綱だ。

「わかりました」と、鳴海は頷いた。

「本当か」

「チューニングの音が聞こえていました」

「チューニング？」

鳴海が真《ま》っ直《す》ぐにこちらを見る。

「はい。管楽器のチューニングの音です。近くにブラスバンドがいます」

思わず息を呑む。

この学校にもブラスバンドはあるだろうが、いまのところ楽器の音は聞こえない。

ということは――。

4

ジャージの男こと、桜木中学校の体育教師・豊田《とよた》に車で送ってもらい、見山高校に到着した。

屋上を見上げながら、校舎の外周をなぞるように移動する。

いた――。

呼吸が止まりそうになる。

紺色のスカートスーツを着た女が、屋上の手すりを背に誰かと話しているようだ。確実に生徒ではないので、あれが桜木中学校校長の加藤春江だろう。

「危な……」

大声を上げそうな豊田の口を、とっさに手で塞いだ。

「大声を出さないでください。犯人を刺激することになりますので」

豊田がうんうんと頷く。

「豊田さんには、一一〇番通報をお願いできますか」

「わかりました」

小声で答えた豊田が、スマートフォンで電話をかけ始める。

「行くぞ」

鳴海を手招きして、校舎に入る。

正面玄関で靴を脱ぎ、来客用サンダルに履き替えて屋上を目指した。途中で下校中の生徒や、これから部活に向かうであろう生徒たちとすれ違った。

そのときだった。

「あっ」と声がして振り向くと、見覚えのある顔が廊下に立っていた。

吹奏楽部の澤山和音だ。すぐれた才能があるにもかかわらず、わざと手を抜いて周囲のレベルに合わせていると鳴海に指摘された生徒だ。

　曖昧な顔で小首をかしげる鳴海は、たぶん相手の顔が認識できていない。

「澤山さんだ。ほら、おまえが見どころあるって言っていた」

「ああ」ようやくわかったらしい。

「今日はなにしに来たんですか」

　突き放すような無愛想な物言いだが、これが彼女の普通なのかもしれない。

「ちょっとね」

　答えを濁《にご》して階段をのぼろうとしたが、澤山はかまわず話しかけてくる。

「鳴海さん。また私たちの演奏、聴いてくれませんか。あれから自分なりに考えてみたんです。少しは変わったと思うんですけど」

「ごめんね。いまは急いでいるから――」

　鳴海の声をかぶせられた。

「わかった」

　音喜多は天を仰ぐ。

「鳴海。いまはそれどころじゃないだろ」

　小声で告げると、「先に行っててもらえますか。後で行きます」と手を振られた。

「冗談だろ」

一秒も無駄にできないこのタイミングで「後で行きます」はないだろう。しかもその理由が、高校生の演奏を聴くためだなんて。

「私に考えがあります」

「本当だろうな」

鳴海が音喜多の目を見て頷く。私に任せてくださいと言わんばかりの、真っ直ぐな眼差し。任せられるわけないだろうと思うが、これまでに鳴海の予想外の行動が事件解決に結びつくのを、目の当たりにしてきた。

ここはこいつを信じるしかないか。

「急いで来いよ」

「わかりました」

鳴海たちと別れ、階段を駆けのぼる。

屋上に出る扉が見えてきた。上半分が磨りガラスになった、サッシの扉だ。自分の影が向こう側に写らないようにしゃがみ込み、ノブをひねる。

わずかに開いた隙間から覗くと、目に入ったのは白銀の世界だった。かなり雪が強くなっていて、ほとんど吹雪《ふぶき》だった。

さらに扉を開く。

加藤らしき女が見えた。下で見上げたときには手すりを背に立っていたが、いまは手すりを背に土下座している。細かく肩を震わせながら、命乞いしているようだ。

さらに開く。

加藤らしき女の対面に、ダウンジャケットを羽織った女と、モッズコート姿の男が立っていた。ダウンジャケットの女の手足は異様に細く、対照的にモッズコートの男は大柄でがっしりとした体格をしている。二人とも頭と肩に雪が積もり始めている。

どうするべきか迷ったが、これだけ遮るものがなければ、相手に気づかれずに接近するのは不可能だ。

音喜多は覚悟を決め、屋上に足を踏み出した。

吹雪のせいで思ったより近づけたが、あと一〇メートルほどの地点で、男がこちらに顔を向けた。

「誰だ！」

「宮城和雄だな」

スマートフォンに保存した履歴書の証明写真と、目の前に立つ男の面影を重ね合わせる。

間違いない。

そして宮城の横に立っているダウンジャケットの女は、貝沢美智子だった。

美智子は大きく目を見開いていた。

「刑事さん……どうしてここが」

「刑事さん?」と宮城が驚いている。

「約束の時間にうかがったんですけど、いらっしゃらなかったものですから」

「すみません」

美智子は後ろめたそうに目を伏せた。

「助けて!」

土下座していた女が顔を上げ、こちらに向けて駆け出そうとする。

が、宮城に肩をつかまれて引き倒された。

間違いない。女は加藤春江だ。

宮城が加藤を羽交い締めにし、首筋に刃物を突きつける。

「やめておけ。これ以上罪を重ねるな」

手のひらを向けて警告したが、「うるせえ!」と怒鳴り返された。

「もうどうでもいいんだ! ずっとドン底なんだからよ! このクズ女一人殺したところで、よくも悪くもならねえよ!」

「ごめんなさい。ごめんなさい」

宮城の腕の中で、加藤が嗚咽する。

「うるせえんだ! なにが悪いかもわかってねえんだから、謝ったところで意味ねえだろうが!」

「わかってる！」

「なら言ってみろよ。なにが悪かったのか」

乱暴に揺さぶられ、加藤がかくんかくんと首を折る。

「古溝くんを……依怙贔屓《えこひいき》したこと」

「違うだろうが。あんたのことを信頼して打ち明けられた生徒の秘密を、なんの考えもなしにほかの生徒にバラしちまったことだろうが」

「はい」

「じゃあ、あんたが裏切った生徒の名前は！」

「貝沢くん」

「貝沢、なんだ。下の名前は！」

なんなんだよ、言ってみろよ。顎を乱暴に手でつかまれても、加藤の口から貝沢大輝のフルネームが出てくることはなかった。

「ほらな！　これだよ！　こんな人間が教育者として出世してるんだ！　社会の仕組みが間違ってると思わないか！」

「それなら仕組みを変えるように、声を上げればいい！」

音喜多は言った。

「綺麗ごと言うな！　おれ一人が声上げて、どうにかなるもんじゃないだろ！　だがな、おれ一人でも、ゴミ掃除はできるんだよ」

「おまえの言ってることこそ綺麗ごとだ！　まるで世のため人のためみたいな口ぶりだが、結局は私怨であり嫉妬じゃないか！」

一瞬怯《ひる》む気配があったものの、開き直ることに決めたらしい。

「ああ。そうだよ！　貝沢先生のためと言い訳しながら、自分の恨みや妬みを発散してたんだ！　なんで人を傷つけて、死に至らしめるようなことをした連中が成功して、必死にもがいてきたおれは報われない！　もっともらしい建前を掲げて、自分の憂さ晴らししてるだけなんだよ！　それでかまわない！　どのみちおれはクズだ！」

「そんなことに美智子さんを巻き込むな！」

音喜多は視線を、宮城のそばに立つダウンジャケットの女に移した。美智子は吹雪を避けるように、腕でひさしを作っている。

「私は巻き込まれたんじゃありません！」美智子は叫んだ。「宮城さんは、息子の遺品のノートを持ってきてくださいました！　桜木中の改築工事現場で作業していて、タイムカプセルの中から発見されたものです！」

そこから宮城が引き継ぐ。

「発見した時点で半分開いてたんだ！　隙間からノートが見えていて、大輝くんの名前に気づいた！　好奇心に勝てずにノートを開いた！　内容を読んで愕然とした！　大輝くんは古溝と、この女のせいで死んだんだ！」

首に突きつけられた刃先が皮膚に食い込んだのか、加藤が苦悶《くもん》の表情を浮かべる。

「宮城さんは！」と、美智子が口を開く。

「息子のノートを守ってくれたんです！ もしこのノートが加藤さんの手に渡ることがあれば、真実が闇に葬られてしまう！」

「そういうことなら、発見したノートをすぐに美智子さんに届ければよかっただけです！殺人を働く必要なんてなかった！」

音喜多はちらりと背後を振り返る。扉が開く気配はない。

鳴海のやつ、なにをやってやがる。考えがあるなんて言っていたが、このままじゃ死体がいくつか増えるぞ。

「だからおれの私怨なんだよ！ 恩師の息子の仇をとるって大義名分で、気に入らないやつを殺したんだ！ 先生の奥さんは関係ない！」

「関係ないことはない！」と美智子がかぶりを振る。「古溝は本来、私が殺すべきだった！それなのに宮城さんの手を汚すことになった！ だから加藤のことは私が……」

美智子が宮城の手から刃物を奪おうとする。

音喜多はいまが飛びかかるチャンスかと身構えたが、床を蹴る前に美智子が弾き飛ばされた。

「おれがやる！　汚れるのはおれだけでじゅうぶんだ！」

「私だって！」と尻餅をついたまま、美智子が絶叫する。

「私だって、二十年前から時計が止まったままなの！　ただ呼吸をして、ただ生きているだけなの！　なんのために生きているのか、わからないの！」

美智子が両手で顔を覆った。

宮城が視線を落とした。

「それでも、先生の奥さんに人殺しをさせるわけにはいかない。おれがやる。おれが」

自分に言い聞かせるような口調だった。

加藤が泣きながらかぶりを振る。

宮城が刃物を振り上げる。

「やめろ！　宮城！」

音喜多が駆け出そうとした、そのときだった。

どこからかホルンの音色が聞こえてきた。

スネアの合図を皮切りに、トロンボーン、サックス、コルネット、クラリネット、フルートが加わり、印象的な三連符のテーマを奏でる。そこからバンド一丸となっての、天に駆けのぼるような音階上昇フレーズ。

「フェスティバル・バリエーション……」

そう呟いたのは、宮城だった。彼の右手に握られた刃物は、振り上げた状態で止まっている。

「そういうことか」と、音喜多は心の声を漏らした。

吹奏楽部が音楽室の窓を開け放ち、演奏しているのだろう。すぐそこで演奏されているかのような音量だった。

5

わけがわからない。

フルートの歌口に息を吹き込みながら、澤山和音は正面の女性刑事に目をやった。

彼女は指揮者よろしく、大きく両手を振り上げながら全身でバンドを煽《あお》っている。本来の指揮者である同級生はその隣で、規則正しい拍を刻んでいた。顧問の遠藤はよほど鳴海に心酔しているのか、音楽室の後方でうんうんと頷いている。

やや困惑しながら指揮棒を振る同級生に、鳴海桜子が大声で指示を出す。

「もっと！　もっともっと！　みんな、もっと大きな音が出せる！」

最初は指揮者に向けて、途中からは、バンドのほうを向いて声を張り上げた。

「私の声が聞こえてる時点で弱いから！　三十人もよってたかって、その程度のわけがないから！」

鳴海の言うように、普通なら声が聞こえるはずがない。

だがあくまで普通の人間ならば、だ。鳴海の声量は常人ではありえないレベルだった。

視界の端にワインレッドの物体が見え隠れする。ベロア素材のカーテンが、吹き込む風になびいていた。

――また私たちの演奏、聴いてくれませんか。

和音の申し出に応じた鳴海は、音楽室に入るなりすべての窓を全開にした。冷たい風と一緒に雪が吹き込んできて、吹奏楽部の部員たちの間にどよめきが起こった。窓の近くに陣取っていた生徒たちは、冷気から逃れようと立ち上がりかけた。

そのとき「待って！」と、鳴海が右手を上げた。

彼女は吹雪が吹き込むこの過酷な状況下で『フェスティバル・バリエーション』を演奏するよう要求した。本番のステージでは広いホールに合わせたスケール感が必要になる。そのためには狭い音楽室に収まるのではなく、より遠くの聴衆に届けるための意識が必要というのが、彼女の言い分だった。

理解できなくはない。

だけど、なにもこんな天候の中でやらなくとも――。

とはいえ演奏を聴いてほしいと申し出たのは自分だ。警察の仕事で訪れている鳴海と、次はいつ会えるのかもわからない。

「鳴らして！　もっと強く！　もっと大きく！　楽器を演奏するんじゃない！　あなたたち自身が楽器なの！　身体全体で音を鳴らす意識で！　みんなで一つになって！」

指揮者の後ろで、鳴海が両手を上げたまま、くるくると回転する。普段だったら笑いがこみ上げてきそうなコミカルな動きだが、演奏に必死な生徒たちにそんな余裕はない。

顔の右側に冷たい感触がぶつかる。粒の大きな雪だった。

ちらりと視線を動かすと、誰もが雪まみれになりながら演奏していた。寒いし、冷たいし、とてもではないが演奏に適したコンディションではない。指先や唇の感覚すら鈍くなってくる。

それでも不思議と、演奏は乱れなかった。むしろ曲が進むごとに音量は増し、一体感も強くなっている。演奏することでしか寒さを紛らすことができずに、全員がなかばやけっぱちになっているようだ。しかし、それが悪い方向に働いていない。その証拠に、誰もが笑顔だった。やけくそで開き直りながら、鳴海が押しつけてきた無理難題に必死で応えようとしている。

ふと思う。

うちの吹部って、こんなにいい音出してたっけ――？

ちらりと左に視線を動かした。和音と同じフルート担当の生徒たちが演奏している。出音も安定していて、リズムに乱れもない。指揮者の刻むリズムに合わせながら、和音のフルートの旋律にぴったりと呼吸を合わせてくる。和音のフルートの存在感を認めながら、その音を懸命に引き立てようとするかのような演奏だった。

気持ちいい。素直に思った。

考えてみれば、同級生とは二年近くも一緒に演奏している。最初はほかの生徒のレベルに合わせ、あえて自分の演奏レベルを落としていた。けれどいつの間にかほかの生徒も上達し、あえて和音に足並みを揃えてくれていたのかもしれない。和音が本気を出したことで、ほかの生徒たちの潜在能力も開花したのだ。

「すっごくよくなった！　うん、最高！　いいよいいよ！」

鳴海がぴょんぴょん飛び跳ねながらバンドを鼓舞する。演奏のボルテージが、さらにいちだん上がった気がした。

鳴海がバンドを指さしながら言う。

「そのまま演奏を続けて！　ここにいなくても、私は演奏を聴いているから！　遠くにいる私に、しっかり曲を届けて！　ここじゃなくて、遠くにいる誰かに届かせて！」

鳴海が音楽室を飛び出していった。

その行動に虚を衝かれるが、演奏は止めない。止めたくなくなっていた。

このバンドで、この吹奏楽部の一員として演奏するのが、楽しくてしょうがない。

もはや寒さは感じなくなっている。床には雪が積もり始めているが、演奏の熱気が勝っていた。

和音は自らの音とアンサンブルが溶け合う感覚に、恍惚《こうこつ》として目を閉じた。

6

「覚えているか！　宮城！　おまえたちが高校生のころ、全国大会で演奏した曲だ！」

宮城は明らかに動揺している。刃物を振り上げたまま、視線をあちこちに泳がせていた。

ふと雪を踏む足音がして振り向くと、鳴海が駆け寄ってくるところだった。

「お待たせしました」

白い息を吐き出しながら隣に並んでくる。

「遅いぞ。どんだけ待たせるつもりだ」

ふふっ、と小さく笑い、鳴海が一歩、足を踏み出した。

「この曲を聴きながら、人を殺せる？　あなたにとっていちばん大事な、いちばん輝いていた瞬間に演奏していた、この曲を！」

「来るな！　来るんじゃねえ！」

宮城が思い出したように、刃先を加藤の首筋に向ける。加藤が「ひいっ」と悲鳴を上げた。

その一瞬だけ静止したものの、鳴海はふたたび歩き出した。

「あなたには殺せない。思い出のこの校舎で、大事な宝物みたいな思い出をくれた先生と過ごしたこの校舎で、血の滲むような思いをして繰り返し練習したこの曲を聴きながら、人を殺すことなんてできない。だってあなたは、思い出の中の大切な存在を守るために、人を殺したんだもの。あなた自身の手で、思い出を汚すことはできない」

「本当にできないのか、ためしてみるか」

宮城の瞳がぎらりと光る。

「いま、ためしてみてる」

鳴海はじり、じり、と間合いを詰めていく。音喜多は息を詰めたまま動けない。自分まで動き出したら、宮城を刺激してしまう。

大丈夫なのか、鳴海。そいつはすでに一人、殺しているんだぞ。

「殺すからな！　本当に殺すぞ！」

宮城の腕の中で、加藤は子どものように声を上げて泣いている。犯人を刺激しないためにも、もう少し冷静でいるようつとめてほしいのだが、突如として殺意を向けられた市民には無理な相談だ。

どうする。どうすればいい。

　すると、鳴海がふいに口を開いた。

「高域が苦手でしょう」

「は？」

「二十年前の全国吹奏楽コンクールでの演奏を見た。あなたのコルネット、全体的にはとてもよかったけど、高域のロングトーンが細くなる傾向にある。高域から始まるフレーズはそうでもないんだけど、低域から高域に移行するときなんか、わかりやすいかな」

「なに言ってやがる」

　声こそ鋭いままだが、表情に明らかな動揺が見てとれた。

「自覚、あるでしょう？　貝沢先生にも、指摘されたことがあるんじゃない？　スケール練習に取り組め……って」

「どうしてそれを……」

　図星《ずぼし》のようだ。宮城の頬にわずかな怯えが覗く。

「そんなの、誰が聴いてもわかる。演奏中、あなたは細かいミスもしている。でもほかのみんながそれを補っている。逆にほかのコルネットがミスしたら、あなたが補っている。ミスは誰でもする。でも一度始まった演奏は止まらないから、カバーしたり立て直してベストを尽くすしかない。本番で演奏する機会は、一度しかないから」

　まるで人生のようだ。

そう思ったが、鳴海もそのつもりで話しているのだろう。

人生もコンクールの本番も、一度きり。

ミスは誰でもする。

だからといって演奏を止めることはできない。

最初からやり直す機会もまた、与えられない。

「でもとても良かった。あなたのコルネットも、ほかのみんなの演奏も。もちろん完璧じゃない。だけどそれを補い合ってあまりある喜びが感じられた」

「喜び……」

「そう。喜び。音を奏でる喜び。仲間と力を合わせてアンサンブルを作り上げる喜び」

宮城の全身から、完全に毒気が抜けた。

勝負をかけるなら、もうすぐだ。

音喜多は少しずつ前進し、鳴海を追いかける。

「演奏はまだ終わっていない。だから自分から楽器を放り出してはいけない。ミスを取り返す努力をして。人生を投げ出さないで」

鳴海が手を差し伸べる。宮城までおよそ三メートルというところまで近づいていた。

宮城は息を詰めた様子で固まっている。抵抗する気配はない。

いけるか――？

音喜多は踵からつま先に体重を移す。まずは加藤に危害を加えさせない。次に鳴海の身の安全。最後が自分。優先順位を確認しながら、そのときにそなえる。

「その人を、放して」

頰を小刻みに痙攣《けいれん》させていた宮城が、やがて動いた。

加藤を前方に突き飛ばす。

ふらふらと倒れ込んできた加藤を、鳴海が抱き留めた。

音喜多は床を蹴った。鳴海を追い越して、宮城に飛びかかる。

そのとき、強い風が吹いて視界がいちめん白く染まった。

思わず両手で顔を覆う。

やがて風がやみ、視界が晴れたときには、宮城の姿が消えていた。

どこに行った？

音喜多が視線を巡らすより早く、美智子が叫んだ。

「宮城さん！」

宮城は手すりの上に立っていた。こちらを向き、両手を広げている。

「無理なんだ！　おれにはもう取り返せない！　取り返せないミスは、ある！」

「宮城！」

「せめてこの曲を聴きながら……！」

聞こえてくる吹奏楽のアンサンブルに耳を澄ませるように目を閉じた宮城が、幸せそうな笑みを浮かべた。

　そのまま後ろに倒れ込む。かと思われたそのとき、音喜多は宮城の両脚に抱きついていた。

「なにをする！　離せ！」

　宮城が脚をバタつかせて抵抗する。ときおり宮城の膝蹴りを側頭部に食らうかたちになり、意識が飛びかけた。だが離さない。

「離すわけないだろ！」

　ぐらり、とバランスを崩して宮城ごと転落しそうになる。腹に力をこめて重心を低くし、渾身《こんしん》の力をこめて宮城を背後に放り投げた。

　雪が積もった屋上を、宮城の巨体が転がる。

「ふざけんな！　こんないい曲なのに、あんなに頑張って演奏してるのに、生徒たちに嫌な思い出を植え付ける気か！　おまえにとっていい思い出なら、ほかの人間は関係ないっていうのか！　そういうところだろ！　そういうところが、おまえの甘さなんだろ！」

　手すりのほうを指さしながら、宮城を叱責する。いま自殺なんかされたら、現役の吹奏楽部員たちは二度と『フェスティバル・バリエーション』を演奏できなくなる。それどころか、楽器を演奏すること自体が嫌になるかもしれない。

床にうつ伏せに倒れ込んでいた宮城が、肩を震わせ始める。そしてこぶしで雪に覆われたコンクリートの床を叩き始めた。

「畜生、畜生。どうしてこうなんだ。どうしておれの人生……」

遠くにパトカーのサイレンが聞こえ始める。

『フェスティバル・バリエーション』は、クライマックスに差し掛かっていた。

エピローグ

『おまえらだけずるいぞ』

顔を真っ赤にした最上のスキンヘッドが目に浮かび、音喜多は噴き出した。

「ずるいもなにも、仕事だからしかたあるまい」

『仕事っつってもおまえ、そっちでの取調べは道警のほうでやるわけだろう。おまえらにできることは、待つしかない』

「だから待つのが仕事だ」

『ふざけんな、そんな楽な仕事があるもんか』

「そのぶん、帰ったらたっぷり書類仕事が待ってるんだから、いまのうちに羽根をのばさせてくれよ」

『いま羽根をのばすって言ったな』

しまった。音喜多はスマートフォンを持っていないほうの手で、自分の口を塞ぐ。

「言った」

『美味いもん、買ってきてくれ』

「おいおい。別に口止めする必要なんてないんだぜ」

『いいじゃないかよ。せっかくの北海道出張なんだ。おれにもささやかな出張気分が味わえるような土産を頼むよ』

「わかったよ。なんか買って帰る」

『じゃあカニと――』

「じゃあな」一方的に通話を切った。リクエストを受け付ける気はない。

隣で頬杖をつき、車窓の景色を眺めていた鳴海が、こちらに顔を向ける。

「仲良いですね」

「仲良いって言うのかね。北海道出張を延長したのはずるいから、引き換えになにか美味いもの買ってこいだとさ」

「美味しいものなら私、たくさん知ってます」

「そうだな。できる限り安上がりで量のあるものを頼むよ」

「わかりました」

頭の中でリストアップしているのか、鳴海が虚空を見上げながら指折り数え始めた。

宮城和雄と貝沢美智子については、現在北海道警が取調べを行っている。宮城については北海道警の取調べが済み次第、警視庁に引き渡されることになっていた。宮城の身柄の移送についても音喜多と鳴海が任されたので、道警の取調べが終わるまで滞在を延長することになったのだ。

桜木中学校長の加藤春江は、しばらく休職することになったらしい。宮城が取調べや公判で動機を語ればマスコミが動くだろうから、いまの地位を守るのは難しいだろう。

タクシーは見山高校の正門前に停車した。支払いを済ませ、正面玄関から校舎に入る。

二人が向かったのは、音楽準備室だった。顧問の遠藤にあらためて礼を言うためだった。

音楽準備室の扉をノックすると、「どうぞー」と声がした。

扉を開いて入室する。

デスクに向かっていた四角い顔が振り返る。

「こんにちは。どうぞおかけになってください」

遠藤が笑顔で手招きする。

訪問することは事前に伝えていたため、あらかじめ二人ぶんの椅子が用意されていた。

「それは吹奏楽部の？」

音喜多は椅子に腰を下ろしながら、デスクの上を見た。五線譜が無造作に広げられている。

「ええ。そうです。そろそろ新しい曲に挑戦する時期かと思いまして」

「いいですね。次はどんな曲を？」

聞いたところでわかるはずもないと思っていたが、意外な答えが返ってきた。

「オリジナルです」

「オリジナルって、先生が作られたんですか」

「ええ。お恥ずかしいですが」

遠藤が恥ずかしそうに鼻の下を指で擦る。

よく見るとデスクの上の五線譜の音符は、鉛筆で記入されたものだった。

「見せていただいても？」

鳴海の要求に応じ、遠藤は五線譜をまとめて差し出した。

「緊張するな」

そう言って太股《ふともも》をさすっているが、嬉しそうでもある。もしかしたら最初から鳴海に見てもらうつもりで、五線譜を広げていたのかもしれない。

鳴海は五線譜を見ながら鼻歌を口ずさんでいた。

「それって、この曲か」

音喜多が五線譜を指さすと、「そうです。主旋律ですね」と答えたのは遠藤だった。

「いいですね。カノン形式」

カノン形式の意味はわからないが、聞いたところで自分には理解できないだろう。

「ありがとうございます。それぞれの楽器で高め合っていくようにしたいなと思っていたんです」

「曲名は？」

「残影にしようかと思っています」

「残影、ですか」

耳慣れない言葉だ。

「ええ。まぶしいものを見ると、まぶたの裏にそのものの輪郭が残ることがありますよね」

「それが残影というのですか」

「はい。まあ、よく使われる言葉だと残像ともいうのですが」

そっちならよく知っている。

「ちょっとかっこつけたかったので、残像ではなくて残影です」と、遠藤が短髪をかいた。

「いいタイトルだと思います」

鳴海が口角を持ち上げる。

えへへ、と照れ笑いしながら、遠藤が言う。

「宮城のことがあって、あらためて思ったんです。私たちにとって、高校時代の吹奏楽コンクール全国大会出場という経験は、強すぎる光だったんじゃないか……って。あまりに眩しすぎて目がくらんで、いつまでもまぶたの裏に残影が浮かんでいるほどの。もちろん、時間の経過とともに残影が消えて、現在の景色をしっかり見ることができるようになる者もいる。この前、ここに集まってくれた元部員たちは、そうなんでしょう。ふとした瞬間に思い出す程度の、懐かしい記憶になり、青春の一ページとして昇華されている。けれど私は違う。いつまでも残影が浮かんで、消えることがない。あの強烈な光を、刺激的な時間をまた経験したいと願ってしまう。だから指導者として、ふたたびあの舞台に立ちたいと望むんです。あのとき、普門館の舞台に立って、満員の客席を見上げたあの瞬間、全身が鳥肌に包まれるようなあの興奮に、私は囚《とら》われている。そういう意味では、宮城も同じじゃないかと思いました。私も、宮城も、二度と戻ることの出来ないあの時間を、繰り返し反芻《はんすう》しながら生きている。それがいいことなのか悪いことなのか、わかりませんが」

　そう言って自嘲気味に笑った。

　そのとき、扉がノックされた。

「どうぞ」と応じる遠藤は、訪問者が誰か知っているようだった。

「失礼します」

　お辞儀をして入室してきたのは、澤山和音だった。

「澤山さん。こんにちは」

　今日の鳴海はすぐに澤山を認識した。髪型や声を記憶したのかもしれない。

「こんにちは。鳴海さん。こんにちは」

澤山は二人の刑事に順にお辞儀した。

鳴海の名前は覚えているのに、音喜多の名前は覚えていないらしい。無理もないか。

「鳴海さんがいらっしゃるというので、私が呼びました」

やはりそうか。

「昨日は捜査協力、ありがとう」

鳴海の言葉に、澤山は手を振って恐縮した。

「捜査協力っていうか、ただ演奏しただけだし」

「でもすごくいいパフォーマンスだった。おかげで誰も死なせずに済んだ」

「いいパフォーマンスだから、人が死ななかったんですか」

澤山の声は笑いを含んでいる。

「そうだよ。いい音楽は世界を救うんだよ」

鳴海は大真面目だ。

「たしかに先生から見ても、すごくいい演奏だった。これまで演奏した『フェスティバル・バリエーション』では一番だったかもしれない。一体感があった」

「死ぬかと思うほど寒かったけど」

澤山が自分を抱くようなしぐさをする。

「私たちも寒かったよ」

ねえ、と鳴海が同意を求めてくる。

「ああ。おれなんか足の裏がしもやけになって眠れなかった」

事実だった。宮城の身柄を拘束するまでは興奮状態で自覚がなかったが、後になって末端の感覚がほとんどなくなっているのに気づいた。

「スリッパで吹雪の中に出るからですよ。北海道舐めすぎ」

澤山が笑い、遠藤が本気で気遣う。

「凍傷《とうしょう》にならなくてよかったですね。下手したら足の指切断ですよ」

全員で笑った。

「本当にありがとうございました。おかげで犯人を逮捕することができました」

音喜多はあらためて礼を言った。隣で鳴海も頭を下げる。

「いいえ。お役に立てたのならなによりです」

遠藤が恐縮した様子で手を振った。

「あの、鳴海さん」と澤山が切り出す。

鳴海がきょとんとしながら顔を上げた。

「私、この学校の吹奏楽部で全国を目指します」

きっぱり宣言した澤山に、鳴海は頷いた。

「昨日の演奏を聴いて、わかってた。簡単じゃないけど、頑張って」

「はい」

成長した教え子の姿に、遠藤が満足げに頷いている。

「最後に、セッションしてもらえませんか」

勇気を振り絞った、という感じの言い方だった。あらかじめ用意していた台詞なのかもしれない。

「セッション？」と、鳴海が首をかしげる。

「はい。私のフルートと、鳴海さんの演奏で」

これだけ目を輝かせてお願いされたら、断る選択肢はないだろう。

「いいよ」鳴海は承諾した。「なんの曲にする？」

「だったら、私の曲はどうですか」

「でも、『残影』は管弦楽用の楽曲ですよね」

「実はピアノとフルートだけで演奏できるよう、アレンジした楽譜もあるんです。鳴海さん、声楽科出身だからピアノ弾けますよね」

そう言って引き出しから新たな五線譜を取り出す。どうやらすべて計算ずくだったか。

さすがにここまではっきりとしたレールが敷かれていたらバレバレだ。音喜多は笑いそうになり、さりげなく口もとを手で覆った。

隣の音楽室に移動した。

鳴海がピアノの蓋を開き、澤山がフルートを手に譜面台の前に立つ。譜面を見ながら、二人でなにやら打ち合わせをしている。

ふいに視線に気づいて、音喜多は隣に立つ遠藤を見た。

「どうしました？」

「いや。最初にお会いしたときから思っていましたが、音喜多さん、クラシック音楽家みたいな雰囲気がありますね」

遠藤から見ると、音喜多は壁に飾られたクラシック音楽家たちの肖像画を背にしている。

「雰囲気っていうか、髪型ですよね。あとは音喜多弦という名前」

音喜多は人差し指で頬をかく。

「そうかもしれません。メンデルスゾーンみたいな髪型……いや、前回はそうだったけど、いまはベートーヴェンのようです。音喜多さんご自身は、なにか楽器を演奏されたりしないのですか」

「まったく」

「そうですか」

遠藤の声の調子がわずかに落ちる。少し期待していたらしい。なぜかばつが悪い気持ちになる。この見てくれで、この名前で、音大卒の刑事と行動をともにしていたら、そりゃ期待するだろう。

打ち合わせを終えたらしく、澤山がフルートをかまえた。鳴海が鍵盤《けんばん》の上に指を置き、譜面を見つめる。

二人で視線を交わし合った後で、静寂をつかまえようとするかのような間があった。

鳴海のピアノで、演奏がスタートする。ゆったりとした高音域のアルペジオ。ただ美しいではない、音程差がフックになる印象的なフレーズだ。

一小節遅れて、澤山のフルートが音を発する。

その瞬間、音喜多は思わず声を上げそうになった。

絶妙に溶け合っている。

ピアノとフルートではなく、まるでそういう楽器が存在するかのような、ハーモニーだ。

いまの音を聴くと、吹奏楽部での澤山はあえて爪を隠していたのだとわかる。

「私も驚いたんです」

音喜多がなにを考えているのか伝わったらしく、遠藤がぽつりと言った。

「すごいですね」

「ええ。フルートは中学から始めたと聞いていたんだけど、実は幼少期からやっていたらしいです。部内で浮き上がりたくないから、嘘をついていたのだとか。子どものころから厳しいレッスンを受けさせられて、音楽が嫌いになりそうだったから、学校の吹奏楽部ではひたすら楽しくやりたかったと話していました。あの子が手を抜いて演奏しているのを見抜けなかったんだから、私もまだまだです」

「そうだったんですね」

澤山がリズムに乗ってゆったりと身体を揺らしながら、ちらりとピアノのほうを見る。その視線に気づいた鳴海が、満面の笑みで応じる。長年組んできたデュオのように、呼吸もぴったりだ。ピアノの旋律をフルートが追っていたかと思うと、いつの間にかフルートが先行していたりと、二つの楽器でじゃれ合っているようだった。初見でこれだけ合わせられるのも、二人の高い技術があってこそだろう。

やはり鳴海は、音楽隊に行くべきかもしれない。本当に楽しそうにピアノを奏でる鳴海を見ていると、微笑ましくもあり、一抹の寂しさがよぎりもした。

鳴海は音楽を続けるべきか悩んでいた。たまたま捜査の才能を持っていたため、刑事課に居場所をえることができたものの、そこは本来、彼女がいるべき場所ではないのかもしれない。

あまりに美しいハーモニーに、ふいに鼻の奥がつんとした。

喉の奥に力をこめ、懸命に涙を堪える。こんなところで泣いているのを見られたら、後で鳴海になんと言ってからかわれるか、わかったものではない。

しかし遠藤にそんな変な意地はないらしく、ハンカチを取り出して目もとを拭っている。

「さすが、薬丸昭治の娘だなあ」

「えっ？」と声が漏れる。

鳴海が薬丸昭治の娘だなんて、話しただろうか。そんなわけがない。事件に関係ないどころか、鳴海自身、公言しているわけでもないプライベートな情報だ。

なんでそれを。

音喜多が問いかける前に、遠藤が続ける。

「あの子、そうなんですって。手を抜いていましたって打ち明けられたときに、そのことも話してくれました。薬丸昭治、ご存じですか。現在はウィーンフィルの首席指揮者をつとめる、クラシック音楽の世界では知らない者はいない存在です」

「知っています」

反射的に答えてから、少し話が噛み合っていないのに気づいた。

「そうですか。知ってますよね。やっぱり有名なんだな。そんな人の娘さんを預かるなんて考えたら、緊張します。でも同時に、彼女がいれば、本当に全国を狙えるかもしれないと思えてわくわくしています。もちろん、一人だけ突出していてもいい演奏にはならない。けれど一人の突出した存在が周囲に刺激を与え、急激な成長を促す可能性は、あると思うんです。本気の彼女がどれだけみんなを伸ばしてくれるか、いまから楽しみです」

「澤山さんのほう、ですか」

遠藤にとっては奇妙な質問の仕方だったろう。怪訝そうに眉をひそめられた。

だがそう訊ねてしまう。

音喜多はてっきり、鳴海についての話とばかり思っていたのだから。

「澤山さんが、薬丸昭治の娘？」

質問し直した。

「そうです。ほら、薬丸昭治って芸術家ですから、何度も結婚離婚を繰り返しているじゃないですか。なのでいまは一緒に暮らしていないし、苗字も違うみたいですけど」

しばらく開いた口が塞がらなかった。まるで鳴海のことを説明されているようだった。

鳴海も同じで、薬丸昭治の娘だ。

そして澤山和音も、薬丸昭治の娘。

ということは……。

互いをそうと知らない姉妹は、ときおり楽しそうにアイコンタクトを交わしながら、完璧なハーモニーを紡ぎ出していた。

参考資料

『吹部ノート』『吹部ノート2』（オザワ部長／ベストセラーズ）

日本ブラスバンド指導者協会ホームページ　http://jbbda.jp/brass.html

文庫書き下ろし

この作品はフィクションです。
本文に登場する団体・個人は実在するものと一切関係ありません。

中公文庫

残《ざん》奏《そう》

2023年7月25日　初版発行

著　者　佐《さ》藤《とう》青《せい》南《なん》

発行者　安部順一

発行所　中央公論新社
〒100-8152　東京都千代田区大手町1-7-1
電話　販売　03-5299-1730　編集　03-5299-1890
URL https://www.chuko.co.jp/

ＤＴＰ　嵐下英治
印　刷　大日本印刷
製　本　大日本印刷

Published by CHUOKORON-SHINSHA, INC.
Printed in Japan　ISBN978-4-12-207390-6 C1193

中公文庫既刊より

各書目の下段の数字はＩＳＢＮコードです。978-4-12が省略してあります。

い-117-1
ＳＯＳの猿　伊坂幸太郎
株誤発注事件の真相を探る男と、悪魔祓いでひきこもりを治そうとする男。二人の男の間を孫悟空が飛び回り、壮大な「救済」の物語が生まれる！〈解説〉栗原裕一郎
205717-3

い-117-2
シーソーモンスター　伊坂幸太郎
元情報員の妻と姑の争い。フリーの配達人に託された謎の手紙。時空を超えて繋がる二つの物語。運命は変えられるのか。創作秘話を明かすあとがき収録。
207268-8

い-124-1
向かい風で飛べ！　乾ルカ
スキージャンプの天才美少女・理子に誘われて競技を始めたさつきは、青空を飛ぶことにどんどん魅入られていく。青春スポーツ小説。〈解説〉小路幸也
206300-6

い-124-2
コイコワレ　乾ルカ
日本の敗色濃厚な第二次大戦末期。相剋するふたりの少女が、目覚め、祈るとき……。新しい世界の物語が始まる。特別書き下ろし短篇収録。〈解説〉瀧井朝世
207292-3

お-87-1
アリゾナ無宿　逢坂剛
時は一八七五年。合衆国アリゾナ。身寄りのない一六歳の少女は、凄腕の賞金稼ぎ、謎のサムライと賞金稼ぎのチームを組むことに⁉〈解説〉堂場瞬一
206329-7

お-87-2
逆襲の地平線　逢坂剛
〝賞金稼ぎ〟の三人組に舞い込んだ依頼。それは十年前にコマンチ族にさらわれた娘を奪還してほしいというものだった……。〈解説〉川本三郎
206330-3

お-87-3
果てしなき追跡（上）　逢坂剛
土方歳三は箱館で銃弾に斃れた――はずだった。一命を取り留めた土方は密航船で米国へ。友を、そして記憶を失ったサムライは果たしてどこへ向かうのか？
206779-0

お-87-4
果てしなき追跡（下）
逢坂 剛
西部の大地で離別した土方とゆら。人の命が銃弾一発より軽いこの地で、二人は生きて巡り会うことができるのか？ 巻末に逢坂剛×月村了衛対談を掲載。
206780-6

お-87-5
最果ての決闘者
逢坂 剛
記憶を失い、アメリカ西部へと渡った土方歳三を狙うのは、女保安官と元・新選組隊士。大切な者を守り抜き、失った記憶を取り戻せ！〈解説〉西上心太
207245-9

き-50-1
静かなる太陽
霧島兵庫
明治三三年五月に起きた北清事変（義和団の乱）。五五日に及ぶ籠城戦を、寡兵で戦い抜いた柴五郎中佐たちの戦いを描く歴史巨篇。〈解説〉内田 剛
207152-0

す-29-1
警視庁組対特捜K
鈴峯紅也
本庁所轄の垣根を取り払うべく警視庁組対部特別捜査隊となった東堂絆を、闇社会の陰謀が襲う。人との絆で事件を解決せよ！ 渾身の文庫書き下ろし。
206285-6

す-29-2
サンパギータ 警視庁組対特捜K
鈴峯紅也
非合法ドラッグ「ティアドロップ」を巡り加熱する闇社会の争い。牙を剝く黒幕の魔の手が、絆の彼女・尚美に忍び寄る⁉ 大人気警察小説、待望の第二弾！
206328-0

す-29-3
キルワーカー 警視庁組対特捜K
鈴峯紅也
「ティアドロップ」を捜索する東堂絆の周辺に次々と闇社会の刺客が迫る。全ての者の悲しみをまとい、絆が悪の正体に立ち向かう！ 大人気警察小説、第三弾！
206390-7

す-29-4
バグズハート 警視庁組対特捜K
鈴峯紅也
ティアドロップを巡る一連の事件は、片桐、金田ら多くの犠牲の末に、ようやく終結した。片桐の墓の前で死を悼む絆の前に、謎の男が現れるが――。
206550-5

す-29-5
ゴーストライダー 警視庁組対特捜K
鈴峯紅也
日本最大の暴力団〈竜神会〉首領・五条源太郎が死んだ。次なる覇権を狙って、悪い奴らが再び蠢き出す――。大人気警察小説シリーズ第五弾。文庫書き下ろし。
206710-3

と-26-36
SRO episode0 房子という女
富樫倫太郎
残虐な殺人を繰り返し、SROを翻弄し続けるシリアルキラー・近藤房子。その生い立ちとこれまでが、ついに明かされる。その過去は、あまりにも衝撃的！
206221-4

と-26-37
SRO Ⅶ ブラックナイト
富樫倫太郎
東京拘置所特別病棟に入院中の近藤房子が動き出す。担当看護師を殺人鬼へと調教し、ある指令を出すのだが——。累計60万部突破の大人気シリーズ最新刊！
206425-6

と-26-39
SRO Ⅷ 名前のない馬たち
富樫倫太郎
相次ぐ乗馬クラブオーナーの死。事件性なしとされるも、どの現場でも人間と同時に必ず馬が一頭逝っている事実に、SRO室長・山根新九郎は不審を抱く。
206755-4

と-26-45
SRO Ⅸ ストレートシューター
富樫倫太郎
ついに1stシーズン完結⁉ 悪魔的な連続殺人鬼・近藤房子、最後の闘い。怒濤の結末を見逃すな、大人気シリーズ第9弾！ 文庫書き下ろし。
207192-6

と-26-13
堂島物語1 曙光篇
富樫倫太郎
米が銭を生む街・大坂堂島。十六歳と遅れて米問屋へ奉公に入った吉左には「暖簾分けを許され店を持つ」という出世の道は閉ざされていたが——本格時代経済小説の登場。
205519-3

と-26-14
堂島物語2 青雲篇
富樫倫太郎
山代屋へ奉公に上がって二年。丁稚として務める一方、幕府未公認の先物取引「つめかえし」で相場師としての頭角を現しつつある吉左は、両替商の娘・加保に想いを寄せる。
205520-9

と-26-15
堂島物語3 立志篇
富樫倫太郎
念願の米仲買人となった吉左改め吉左衛門は、自分と同じく二十代で無敗の天才米相場師・寒河江屋宗右衛門の存在を知る——『早雲の軍配者』の著者が描く経済時代小説第三弾。
205545-2

と-26-16
堂島物語4 背水篇
富樫倫太郎
「九州で竹の花が咲いた」という奇妙な噂を耳にした吉左衛門は西国へ飛ぶ。やがて訪れる享保の大飢饉をめぐる米相場乱高下は、ビジネスチャンスとなるか、破滅をもたらすか——。
205546-9

各書目の下段の数字はISBNコードです。978－4－12が省略してあります。

と-26-17
堂島物語5　漆黒篇　富樫倫太郎
かつて山代屋で丁稚頭を務めた百助は莫大な借金を抱え、お新と駆け落ちする。米商人となる道を閉ざされ、行商人に身を落とした百助は、やがて酒に溺れるが……。
205599-5

と-26-18
堂島物語6　出世篇　富樫倫太郎
川越屋で奉公を始めることになった百助の息子・万吉は、手代たちから執拗な嫌がらせを受ける。『早雲の軍配者』の著者が描く本格経済時代小説第六弾。
205600-8

と-26-20
箱館売ります（上）　土方歳三 蝦夷血風録　富樫倫太郎
箱館を占領した旧幕府軍から、土地を手に入れようとするプロシア人兄弟。だが、背後には領土拡大を企むロシアの策謀が——。土方歳三、知られざる箱館の戦い！
205779-1

と-26-21
箱館売ります（下）　土方歳三 蝦夷血風録　富樫倫太郎
ロシアの謀略に気づいた者たちが土方歳三を指揮官に、旧幕府軍、新政府軍の垣根を越えて契約締結妨害のために戦うのだが——。思いはひとつ、日本を守るため。
205780-7

と-26-22
松前の花（上）　土方歳三 蝦夷血風録　富樫倫太郎
土方歳三らの蝦夷政府には、父の仇討ちに燃える娘、戦の携行食としてパン作りを依頼される和菓子職人の姿があった。知られざる箱館戦争を描くシリーズ第二弾。
205808-8

と-26-23
松前の花（下）　土方歳三 蝦夷血風録　富樫倫太郎
死を覚悟した蘭子は、藤吉にある物を託し戦へと向かった。北の地で自らの本分を遂げようとする土方、蘭子、藤吉。それぞれの箱館戦争がクライマックスを迎える！
205809-5

と-26-24
神威の矢（上）　土方歳三 蝦夷討伐奇譚　富樫倫太郎
明治新政府の猛追を逃れ、開陽丸に乗り込んだ土方歳三ら旧幕府軍。だが、船上には、動乱に乗じ日本に神の王国の建国を企むフリーメーソンの影が——。
205833-0

と-26-25
神威の矢（下）　土方歳三 蝦夷討伐奇譚　富樫倫太郎
ドラゴン復活を謀るフリーメーソン、後のない旧幕府軍、死に場所を探す土方、迫害されるアイヌ人、山籠りの陰陽師。全ての思惑が北の大地で衝突する！
205834-7

と-26-26
早雲の軍配者（上）
富樫倫太郎
北条早雲に見出された風間小太郎。軍配者となるべく送り込まれた足利学校では、互いを認め合う友に出会い――。新時代の戦国青春エンターテインメント！
205874-3

と-26-27
早雲の軍配者（下）
富樫倫太郎
互いを認め合う小太郎と勘助、冬之助は、いつか敵味方にわかれて戦おうと誓い合う。扇谷上杉軍へ攻め込む北条軍に同行する小太郎が、戦場で出会うのは――。
205875-0

と-26-28
信玄の軍配者（上）
富樫倫太郎
駿河国で囚われの身となったまま齢四十を超えた山本勘助。焦燥ばかりを募らせていた折、武田信虎による実子暗殺計画に荷担させられることとなり――。
205902-3

と-26-29
信玄の軍配者（下）
富樫倫太郎
武田晴信に仕え始めた山本勘助は、武田軍を常勝軍団へと導いていく。戦場で相見えようと誓い合った友たちとの再会を経て、「あの男」がいよいよ歴史の表舞台へ！
205903-0

と-26-30
謙信の軍配者（上）
富樫倫太郎
越後の竜・長尾景虎のもとで軍配者となった曾我（宇佐美）冬之助。自らを毘沙門天の化身と称する景虎の前で、いま軍配者としての素質が問われる！
205954-2

と-26-31
謙信の軍配者（下）
富樫倫太郎
冬之助は景虎のもと、好敵手・山本勘助率いる武田軍を前に自らの軍配を振るい、見事打ち破ることができるのか⁉「軍配者」シリーズ、ここに完結！
205955-9

と-26-32
闇の獄（上）
富樫倫太郎
盗賊仲間に裏切られて死んだはずの男は、座頭組織の長に拾われて、暗殺者として裏社会に生きることに！『SRO』「軍配者」シリーズの著者によるもう一つの世界。
205963-4

と-26-33
闇の獄（下）
富樫倫太郎
座頭として二重生活を送る男・新之助は、裏社会から足を洗い、愛する女・お袖と添い遂げることができるのか？　著者渾身の暗黒時代小説、待望の文庫化！
206052-4

各書目の下段の数字はISBNコードです。978 - 4 - 12が省略してあります。

と-26-34
闇夜の鴉
富樫倫太郎
大坂の追っ手を逃れてから十年――。新一は江戸で再び殺し屋稼業に手を染めていた。『闇の獄』に連なる暗黒時代小説シリーズ第二弾！〈解説〉末國善己
206104-0

と-26-38
白頭の人 大谷刑部吉継の生涯
富樫倫太郎
近江の浪人の倅はいかにして「秀吉に最も信頼される男」になったのか――謎の病で容貌が変じ、周囲に疎まれても義を貫き、天下分け目の闘いに果てるまで。
206627-4

と-26-40
北条早雲1 青雲飛翔篇
富樫倫太郎
一代にして伊豆・相模を領する大名にのし上がる風雲児の、知られざる物語が幕を開ける！ 備中での幼少期から、幕府の役人となり駿河での密命を果すまで。
206838-4

と-26-41
北条早雲2 悪人覚醒篇
富樫倫太郎
再び紛糾する今川家の家督問題を解決するため、後の「北条早雲」こと伊勢新九郎は、駿河への下向を決意する。型破りな戦国大名の原点がここに！
206854-4

と-26-42
北条早雲3 相模侵攻篇
富樫倫太郎
この世の地獄を減らすため、相模と武蔵も自分が支配するべきではないか――僧になった〝悪党〟が、途方もない夢に向かい、小田原城奪取に動く緊迫の展開！
206873-5

と-26-43
北条早雲4 明鏡止水篇
富樫倫太郎
宿敵・足利茶々丸との血みどろの最終戦と悲願の伊豆統一、再びの小田原城攻め……己の理想のため鬼と化した男にもはや安息はない。屍が導く関東への道！
206882-7

と-26-44
北条早雲5 疾風怒濤篇
富樫倫太郎
相模統一に足踏みする伊勢宗瑞が、苦悩の末に選んだ最終手段。三浦氏との凄惨な決戦は、極悪人にして名君の悲願を叶えるか。人気シリーズ、ついに完結！
206900-8

ほ-17-14
新装版 ジウI 警視庁特殊犯捜査係
誉田哲也
人質籠城事件発生。門倉美咲、伊崎基子両巡査が所属する警視庁捜査一課特殊犯捜査係も出動する。だが、この事件は〝巨大な闇〟への入口でしかなかった。
207022-6

ほ-17-15

新装版 ジウⅡ 警視庁特殊急襲部隊

誉田 哲也

誘拐事件は解決したかに見えたが、依然として黒幕・ジウの正体は掴めない。事件を追う東と美咲。一方、特進をはたした基子の前には不気味な影が。〈解説〉宇田川拓也

207033-2

ほ-17-16

新装版 ジウⅢ 新世界秩序

誉田 哲也

新宿駅前で街頭演説中の総理大臣を標的としたテロが発生。歌舞伎町を封鎖占拠し、〈新世界秩序〉を唱えるミヤジとジウの目的は何なのか⁉〈解説〉友清 哲

207049-3

ほ-17-4

国境事変

誉田 哲也

在日朝鮮人殺人事件の捜査で対立する公安部と捜査一課の男たち。警察官の矜持と信念を胸に、銃声轟く国境の島・対馬へ向かう。〈解説〉香山二三郎

205326-7

ほ-17-5

ハング

誉田 哲也

捜査一課「堀田班」は殺人事件の再捜査で容疑者を逮捕。だが公判で自白強要の証言があり、班員が首を吊った姿で見つかる。そしてさらに死の連鎖が……誉田史上、最もハードな警察小説。

205693-0

ほ-17-6

月 光

誉田 哲也

同級生の運転するバイクに轢かれ、姉が死んだ。殺人を疑う妹の結花は同じ高校に入学し調査を始めるが、やがて残酷な真実に直面する。衝撃のR18ミステリー。

205778-4

ほ-17-7

歌舞伎町セブン

誉田 哲也

『ジウ』の歌舞伎町封鎖事件から六年。再び迫る脅威から街を守るため、密かに立ち上がる者たちがいた。戦慄のダークヒーロー小説！〈解説〉安東能明

205838-5

ほ-17-11

歌舞伎町ダムド

誉田 哲也

今夜も新宿のどこかで、伝説的犯罪者〈ジウ〉の後継者が血まみれのダンスを踊る。殺戮のカリスマvs.新宿署刑事vs.殺し屋集団、三つ巴の死闘が始まる！

206357-0

ほ-17-12

ノワール 硝子の太陽

誉田 哲也

沖縄の活動家死亡事故を機に反米軍基地デモが全国で激化。その最中、この国を深い闇へと誘う動きを、東警部補は察知する……。〈解説〉友清 哲

206676-2

各書目の下段の数字はISBNコードです。978－4－12が省略してあります。

ほ-17-13	アクセス	誉田　哲也	高校生たちに襲いかかる殺人の連鎖。仮想現実を支配する「極限の悪意」を相手に、壮絶な戦いが始まる！著者のダークサイドの原点！〈解説〉大矢博子	206938-1
ほ-17-17	歌舞伎町ゲノム	誉田　哲也	大人気シリーズ、〈ジウ〉サーガ第九弾！　伝説の暗殺者集団「歌舞伎町セブン」に、新メンバー加入！彼らの活躍と日々を描いた傑作。〈解説〉宇田川拓也	207129-2
ほ-17-18	あなたの本　新装版	誉田　哲也	これは神の悪戯か、一冊の本が狂わす人間の運命――表題作をはじめ、万華鏡の如く広がる七つの小説世界。新たに五つの掌篇を収録。〈解説〉瀬木広哉	207250-3
ほ-17-19	主よ、永遠の休息を　新装版	誉田　哲也	暴力団事務所との接触で、若き通信社記者は、ある誘拐殺人事件の犯行映像がネット配信されている事実を知るが……。慟哭のミステリー。〈解説〉瀬木広哉	207309-8
ほ-17-20	幸せの条件　新装版	誉田　哲也	恋も仕事も中途半端な若手社員・瀬野梢恵に、突如下ったとんでもない社命。それは、日本の未来を変えるかもしれないものだった⁉〈解説〉田中昌義	207368-5
ゆ-6-1	盤上の向日葵（上）	柚月　裕子	山中で発見された身元不明の白骨死体。遺留品は、名匠の将棋駒。二人の刑事が駒の来歴を追う頃、将棋界では世紀のタイトル戦が始まろうとしていた。	206940-4
ゆ-6-2	盤上の向日葵（下）	柚月　裕子	世紀の一戦に挑む異色の棋士・上条桂介。実業界から転身し、奨励会を経ずに将棋界の頂点に迫る桂介の、壮絶すぎる半生が明らかになる！〈解説〉羽生善治	206941-1
わ-24-1	叛逆捜査　オッドアイ	渡辺　裕之	捜一の刑事・朝倉は自衛官の首を切る猟奇殺人事件を捜査していた。古巣の自衛隊と米軍も絡み、国家間の隠蔽工作が事件を複雑にする。新時代の警察小説登場。	206177-4